OEUVRES

DE MONSIEUR

REGNAULT DE WARIN.

L'HOMME

AU

MASQUE DE FER.

L'HOMME

AU

MASQUE DE FER,

Par M. REGNAULT DE WARIN.

QUATRIÈME ÉDITION

~~AUGMENTÉE~~

1º D'une DISSERTATION HISTORIQUE sur l'Existence et la Captivité de l'HOMME AU MASQUE DE FER ;

2º Des PASSAGES SUPPRIMÉS par la censure ;

3º Du TESTAMENT MORAL de ce Prisonnier célèbre ;

ET ORNÉE DE SON PORTRAIT,

Peint long-temps avant sa longue détention.

SURREXIT È MORTUIS.

TOME QUATRIÈME.

A PARIS,

CHEZ

PLANCHER, ÉDITEUR-PROPRIÉTAIRE, RUE SERPENTE, Nº 14;

EYMERY, LIBRAIRE, RUE MAZARINE, Nº 30;

DELAUNAY, LIBRAIRE, AU PALAIS-ROYAL.

1816.

L'HOMME

AU

MASQUE DE FER.

QUELQUES LETTRES

RELATIVES A MA NAISSANCE (1).

~~~~~~

LETTRE PREMIÈRE

Du cardinal de RICHELIEU, *au*
père JOSEPH, *capucin.*

Ruel, ce 4 décembre 16**.

Vous êtes, mon père, du petit nombre
de ces hommes infatigables, pour qui le
travail fait n'est qu'un engagement du
travail à faire. Comme César, vous pen-

---

(1) Quoique plusieurs de ces lettres, et singulièrement
les trois premières, n'aient pas un rapport direct et

sez n'avoir rien commencé, quand il reste
quelque chose à finir; et parce que vous
avez été utile une fois, il semble que vous
dussiez l'être toujours. C'est votre caractère, auquel personne plus que moi ne
rend justice et hommage. Il y a long-
temps que je vous l'ai dit, mon père;
sans votre robe de bure, ce serait bien peu
de chose que ma robe d'écarlate; et les
courtisans le savent si parfaitement et le
dissimulent si peu, qu'ils sont générale-
ment d'accord pour vous qualifier d'*Éminence grise*. Ce titre d'Éminence d'ailleurs
n'ajouterait rien ni à vos talens, ni à votre
considération personnelle, et peut-être

---

immédiat avec les amours du duc de Buckingham et
l'événement de la naissance de l'*Homme au Masque de
Fer;* comme elles peignent avec autant de force que de
naïveté l'intérieur de la cour de Louis XIII et le caractère de plusieurs personnages de cette histoire, on n'a
pas cru devoir les supprimer. Il faut observer que les
époques rétrogradent jusqu'à l'ambassade de lord Buckingham, envoyé en France pour demander la main de
Madame, au nom du monarque infortuné dont la
funeste mort confirma la fatalité attachée au nom de
Stuart.

ôterait-il à votre influence. Celle-ci se fait
sentir invisiblement jusques dans les cabinets les plus fiers et les plus mystérieux;
il est aussi inoui que glorieux pour vous
que, du fond de sa cellule, un humble
franciscain remue l'Europe à son gré; et,
pour me servir d'une figure qui, je l'espère, ne vous déplaira point, que son
cordon soit la férule des potentats. Voilà,
mon père, le rôle que votre génie vous
appelle à jouer dans un coin de la grande
scène du monde; mais quelque supérieu-
rement que vous vous en acquittiez, je
me garderai bien de vous en récompenser
si vite. Être utile à la France, peut-être
même faire ses destins, telle est votre
mission, comme tels sont vos désirs; elle
s'accomplira plus sûrement; ils seront
mieux remplis dans l'ombre et le silence.
Laissez-moi quelque temps encore sur
l'avant-scène : contentez-vous de m'inspirer, et voyez au terme d'une carrière
aussi illustre que nouvelle, voyez l'étonnement, recueillez les suffrages de la génération et de la postérité. Je ne vous

parle ici ni du chapeau, qui dès long-
temps vous est dévolu, ni de votre asso-
ciation officielle à mes fonctions minis-
térielles : encore une fois, vous ne pouvez
recevoir de l'un aucun lustre nouveau,
et il y a bien des années que vous par-
tagez; que dis-je? que vous dirigez toutes
les autres.

Cette époque serait-elle totalement
effacée de votre souvenir, lorsqu'accablé
par la multitude des affaires, et menacé
par un formidable nombre d'ennemis,
je résolus de quitter le ministère et d'aller oublier à Rome l'éclat et l'inquiétude
des grandeurs? Vous seul ranimâtes mon
courage presque épuisé, en me faisant
honte de ma faiblesse, et en me mon-
trant le triomphe de mes ennemis qui
insultaient à ma défaite. Ainsi je vous dus
mon affermissement ; car ce qui avait
failli être le terme de mon ambition en
devint l'aliment; et la facilité que je trouvai depuis à écarter ou à briser les obstacles, me démontra la vérité de votre
système, qu'il ne fallait pour réussir
que savoir oser. S'il faut vous l'avouer

cependant, chaque jour et chaque circonstance hérissent mon chemin de tant
de difficultés, qu'il faudrait pour les
surmonter une opiniâtreté plus que hé-
roïque, ou pour les éluder une adresse
plus qu'humaine. Dans ce moment, par
exemple, nul doute qu'une grande con-
juration ne s'organise contre l'État, contre le roi, et plus spécialement encore
contre moi. Et qui pensez-vous qui en
fasse partie, ou plutôt qui y donne le
branle? Le duc d'Orléans? vous n'y êtes
pas. La reine mère? mieux que cela.
Mieux que cela! vous écriez-vous : à
moins que la reine elle-même?..... Précisément, mon père, c'est la reine elle-
même, qui se donne pour complice
Montmorency, l'abbé de Gondy, Chalais, et pour organe la brillante duchesse
de Chevreuse. Écoutez les détails, s'il vous
plaît, et veuillez réfléchir.

Il y a bientôt onze ans que le roi
Louis XIII épousa, à Bordeaux, l'infante
Anne d'Autriche : cette princesse n'avait
guère plus de quinze ans, si bien qu'elle
touche à peine à sa vingt-sixième année.

Bien que notre état nous défend de voir
certaines choses, vous avouerez, mon
père, qu'à moins d'être aveugle, il est impossible de ne pas remarquer qu'en même
temps qu'elle est la première reine de
l'Europe, elle en est aussi la plus belle.
D'autres, mieux que moi sans doute, s'en
sont aperçus, et ne se sont pas bornés
aux regards, avec d'autant plus de vrai-
semblance, et probablement d'autant plus
de succès, que l'indifférence, je devrais
même dire le dégoût du roi pour sa com-
pagne, semble ouvrir le champ à leurs
desirs. Si dans de telles intrigues il n'é-
tait question que de ce qu'on nomme si
mal à propos *affaires de cœur*, vous com-
prenez que, loin d'en être alarmé ou de
les traverser, je les favoriserais, au moins
tacitement, et j'aurais bientôt asservi à
mon influence, directe ou indirecte, ceux
qui les composent, s'ils étaient de ces
gens pour qui le plaisir est l'occupation
principale. Mais de tous ceux qui forment
la brigue que je soupçonne, la reine seule,
qui en paraît le mobile et l'objet, la reine
seule ignore les motifs auxquels elle sert

de prétexte. Plus jeune que son âge, vive, légère, facile, ardente et crédule, elle ne voit dans les galanteries dont elle est le but que des hommages rendus à son sexe, à ses charmes, à son rang; que des moyens de jouissances permises et de distractions. J'y vois autre chose, moi: sous ces semblans chevaleresques je dois voir les ressorts qui les remuent : la vengeance et l'ambition.

Je laisse de côté et ne veux même pas nommer le duc de Bellegarde, à qui sa fraise et sa moustache de l'autre siècle, aussi bien que ses madrigaux de la vieille cour, défendent, sous tous rapports, d'être dangereux. C'est d'ailleurs un homme plein des mœurs anciennes, et dont la probité gothique doit rassurer. Peut-on en dire autant d'un Montmorency, dont, il faut l'avouer, le grand nom est le moindre mérite, et qui réunit à la figure d'un héros de roman toute la bravoure des héros de sa race? Ajoutez-y la magnificence digne d'un roi, et la libéralité qui triomphe même des reines. Faut-il que j'oublie enfin que ce duc,

neveu de la reine mère par la princesse
des Ursins sa femme, et beau-frère du
premier prince du sang, se trouve, en
quelque sorte, dans la nécessité de se
déclarer contre moi, qui me suis de tout
temps déclaré contre ses alliances et ses
intérêts?

L'abbé de Gondy n'est qu'un enfant,
et il semble qu'on ne doit rien redouter
de celui qui n'a point quitté les lisières
de son précepteur. Cela serait juste si
celui-ci, docile aux leçons du sien (qui
est, comme vous ne l'ignorez pas, le
vénérable Vincent de Paul), préférait
la retraite de l'Oratoire aux cercles du
Louvre, et les thèses de la Sorbonne aux
conversations de madame de Chevreuse.
Mais cette duchesse, qui a démêlé en lui
le germe d'un intrigant, a des motifs secrets et puissans pour le lancer de bonne
heure dans une cabale. On fait tout ce
qu'on veut de ces jeunes cœurs qui ne
doutent de rien, parce qu'ils ne savent
rien; on les pétrit selon certaines vues;
on leur insinue des passions étrangères,
et ils se remuent de mouvemens qui ne

sont pas les leurs. Madame de Chevreuse persuadera à son protégé qu'il est amoureux de la reine ; elle osera pis : elle lui montrera la reine amoureuse de lui ; il en faut beaucoup moins pour armer une main de la plume du libelliste, ou du poignard du meurtrier.

Si ces gens-ci me font trembler, jugez, mon père, combien Châlais doit m'épouvanter davantage ! C'est que vous ne vous faites pas d'idée de la posture de ce dangereux conjuré. Ami d'Ornano, qui se précipiterait pour lui ; favori de Gaston, qui lui a remis ses intérêts toujours échoués et toujours repris ; protégé de la reine Marie, qui a eu l'adresse de le placer près de son fils, Châlais a montré la sienne en s'insinuant dans l'esprit du maître. Doucereux, patelin, du naturel flexible des reptiles, il s'est glissé jusque dans l'intimité des confidences. Le sombre monarque, agréablement surpris de ne rencontrer aucune aspérité, s'est livré sans réflexion, et, pour la première fois peut-être, sans réserve. Nul danger dans toutes ces menées, si je les inspirais ou

que je les partageasse. Mais loin de là !
Chalais, aimé depuis long-temps de madame de Chevreuse, brûle (le mot n'est
pas trop fort) pour la reine : et voyez la
perfidie ! c'est par le mari qu'il veut par-
venir à la femme. Il ne faut pas grande
pénétration pour pressentir que de la
femme il s'établira à perpétuité chez le
mari. Chalais, précurseur de cette ré-
conciliation conjugale, en sera aussi le
gage : je vous demande maintenant qui
en deviendra la victime ?

Je vous entends d'ici : et madame de
Chevreuse, dites-vous, souffrira-t-elle un
arrangement qui blesse si cruellement
son amour et sa délicatesse ? Vous ne la
connaissez pas, mon père : oui, pourvu
qu'elle gouverne, ou plutôt qu'elle remue, elle le souffrira ; elle ira plus loin,
elle le provoquera, elle le ménagera par
tous les moyens. Son amour pour Chalais n'est tout au plus que sa seconde
passion : si tant est qu'on doive qualifier
de ce nom sérieux un goût fondé sur
le caprice des sens ! Celle qui véritable-
ment la domine est ce besoin continuel

d'agitation, cette démangeaison des affaires qui, chez les grandes âmes, enfante
l'ambition et produit de grandes choses,
mais qui, dans les âmes médiocres, c'est-
à-dire dans celles de sa trempe, prend
le caractère équivoque de l'intrigue et la
physionomie mobile de la cabale. Evaluez
à ce taux sa délicatesse, et persuadez-
vous que, pour continuer à conduire la
reine, elle est prête à favoriser celui des
amans de cette princesse qui la ferait
triompher, comme à sacrifier celui dont
la maladresse ou le malheur causerait la
ruine.

Il y aurait encore bien des détails à
vous faire sur ce sujet trop intéressant.
Il y aurait surtout plus de relief et de coloris à donner à ces portraits, que je
n'ai fait qu'ébaucher. Mais, quoiqu'é-
tranger à la cour, vous n'y êtes point
novice; et votre sagacité devine à demi-
mot. En résumé, telle est donc ma position : ministre d'un roi farouche et défiant, j'ai pour rival dans ses affections,
un jeune homme qui sait plaire et qui me
hait; ennemi, ou du moins adversaire

par principes, d'une épouse dont le crédit peut renaître pour balancer ou pour
détruire le mien encore si mal assuré,
j'ai aussi, non seulement pour adversaires,
mais pour ennemis par sentimens, et cette
princesse, et ceux qui la courtisent, et
celle qui la gouverne. Du choix que lui
dictera son cœur, ou que l'intérêt suggé-
rera à sa confidente, peuvent dépendre
ma chute et ma perte. Je me fierais assez
à Montmorency, dont la loyauté est célèbre, si toutefois il ne s'avisait de la
vouloir prouver par ma destruction. Le
petit Gondy m'embarrasse moins pour
le présent, qu'il ne m'inquiète pour l'a-
venir : mais, où serait mon recours, si,
poussé par Chalais entre la reine et son
époux, il me fallait recevoir toutes les
contusions de ce froissement douloureux?

A vous, mon père, qui ne vous con-
tentez pas toujours d'agir, appartiennent
l'examen de cet important problème et
sa solution. Je la demande à votre perspicacité rare, nette et rapide ; je l'attends
de votre amitié. Songez qu'en me tra-
çant ma marche, vous allez décider de

bien des destinées. Ne trouvez pas mau-
vais que j'envoie copie de cette lettre au
signor Giulo Mazarini. Je ne dois faire,
entre lui et vous, nulle comparaison : vous
avez du génie, il a de l'esprit ; mais dans
certains cas épineux, on ne doit dédai-
gner aucun avis; et il n'est pas impossible de découvrir à la lueur des flambeaux un objet que toute la clarté du
soleil nous avait rendu invisible, en l'inon-
dant de trop de rayons.

En attendant votre réponse, sur la
promptitude de laquelle je n'insiste point,
permettez, mon père, que je me dise votre
sincère admirateur et le plus dévoué de
vos amis.

LETTRE II

Du père JOSEPH, *au Cardinal.*

Au couvent des Capucins, ce 5 décembre 16**.

MONSEIGNEUR,

Bien que Votre Eminence, en m'honorant de sa lettre et de sa confidence, ait livré l'une et l'autre à mes méditations indéfinies, le sujet de lui-même et votre impatience, que je présume, m'avertissent d'en rapprocher le terme.

Si l'on n'avait pour juger Votre Eminence que ses écrits, on la croirait timide, irrésolue; heureusement que ses actions prouvent encore mieux qu'elle possède le génie qui conçoit et le caractère qui veut.

C'est ce caractère qu'il vous faut aujourd'hui, Monseigneur. Réduisez à leur juste valeur les fantômes que vous vous faites; vous verrez que, si vous le voulez, vous n'avez pas de plus méprisables ennemis.

Réunis, ils pourraient peut être agiter, quoique sans succès pour eux, ni sans péril pour nous : que sera-ce, si vous les divisez ?

Vous n'avez rien à redouter de M. de Montmorency. La vanité de soupirer pour une belle reine ne vaut pas le plaisir d'être chéri d'une adorable marquise : madame de Sablé a tout le cœur de celui dont Sa Majesté a les soins. Fiez-vous, au reste, à ces caractères : légers en amour, ils sont solides en probité. M. de Montmorency trahit sa femme qu'il aime; il sera fidèle au ministre qu'il déteste. Renvoyez-le dans son gouvernement, en lui témoignant une confiance absolue; il la justifiera.

Le petit de Gondy est un espiègle plein d'esprit, de malice et de gentillesses; il faut le surveiller avec beaucoup de sévérité, masquée sous beaucoup d'indulgence. L'archevêque, son oncle le gâte à plaisir; le bon homme Vincent ne sait

que faire de belles dissertations, auxquelles l'élève riposte par des épigrammes.
Il dispute, il fait l'amour, il écrit, il monte
à cheval, il se bat : est-ce là un séminaire?
Qu'il aille faire le sien dans son abbaye
de Buzay en Bretagne ; en disant son bré-
viaire, ou en pêchant le saumon, il ou-
bliera les phrases de madame de Chevreuse, les yeux de la souveraine, et toutes
les délices de Babylone.

Tout autre qu'un ministre écarterait
plus difficilement le mielleux Chalais ;
rien de plus difficile à saisir que ces souples personnages qui, comme l'anguille,
glissent et fuient dans la main. Mon avis
est qu'il faut ruser, pour le mieux punir.

L'éloignement de ses rivaux lui per-
mettra l'espoir du triomphe. Qu'il s'a-
vance ; s'il s'engage au point d'écrire, ou
de recevoir une lettre, il est perdu. Le
roi oubliera-t-il sa jalousie chagrine,
précisément en faveur de celui contre
lequel ses bontés trahies doivent la ré-
veiller plus terrible? Non. Ce coup frappe
le favori ; le contre-coup atteint l'épouse,

si ce n'est criminelle, au moins imprudente.

Quant à madame de Chevreuse, la
conduite que Votre Eminence tient avec
elle s'accorde-t-elle avec le caractère
que vous lui donnez? Est-il impossible de
gagner celle qui ne demande qu'à être
séduite? Il me semble que j'aurais bon
marché d'une denrée qu'on voudrait absolument me vendre.

Vous voyez d'ici cette formidable con-
juration, non seulement dissipée, mais
employée à votre avantage. Un peu de
hardiesse bien ménagée a déjà mis plus
d'un ennemi à vos pieds : continuez à
vouloir, et surtout à oser, il ne vous
restera que des admirateurs et des partisans.

L'homme d'Etat qui veut gouverner
par l'amour et la sincérité fait un rêve
de dupe : il joue avec des fripons; s'il
ne veut pas être trompé, il faut bien qu'il
les trompe quelquefois.

Un roi dont le cœur est tendre, un
ministre dont l'imagination se laisse remuer par le sentiment, peuvent être

*1

les plus honnêtes gens du monde; mais
avec leurs vertus, ils rendront les peuples malheureux et le seront eux-mêmes.

Ce qui ne prouve pas, au surplus, que
les rois sévères et les ministres terribles
soient fortunés; mais il ne s'agit pas de
la félicité des chefs d'un empire, il s'agit
de la prospérité de l'empire même. Or,
l'expérience démontre que jamais les empires ne furent plus florissans que sous
des sceptres inflexibles.

Néron fut exécrable; Louis xi était
atroce : cependant l'abondance et le calme régnaient en France et à Rome sous
Louis xi et sous Néron. Les grands seuls
frémissaient; mais le pain était à bon marché, et quand ces despotes moururent, la
nation les pleura.

Sous Titus au contraire, sous Louis xii,
et tout récemment sous Henri iv, la cour
était heureuse; mais le peuple gémissait.
C'est que des fripons adroits achetaient
par l'apparence de la probité, le droit de
le fouler. Ce n'est point là l'objet des
gouvernemens.

Les gouvernemens sont institués, en

faveur de tous, contre les passions de
quelques-uns. Il faut garantir à tous la
liberté civile et une certaine mesure d'a-
limens; car, si la disette produit le désespoir, l'abondance extrême engendre l'oisiveté. Quant aux passions de la minorité,
on peut les employer, si elles sont utiles;
on doit les anéantir, si elles sont dangereuses.

Et à l'égard des moyens, c'est le plus
souvent aux circonstances qu'on les doit.
Mais en général, on peut, sans inconvénient, préférer ceux qui parlent à l'imagination et aux sens. Eluder les obstacles
ou les miner en détail, semble peu digne
de qui peut tout; il faut abandonner aux
faibles cette misérable tactique; c'est celle
des particuliers qui rusent contre les gouvernemens: les gouvernemens ne doivent,
dans une telle lutte, répondre qu'à coups
de foudre.

Si je varie un peu, sur ce principe, dans
ce que j'indique relativement à Chalais,
c'est que la posture d'un tel particulier
demande quelque ménagement. En effet,
le favori d'un grand monarque est pres-

qu'un monarque lui-même; et pour affai-
blir son crédit, comme pour faire trébu-
cher sa personne, il semble que ce soit
à l'adresse à ouvrir les voies à la force.
Autrement, garre les représailles!

Je ne terminerai point cette lettre, sans
faire part à Votre Eminence de la nouvelle que me transmet, par le dernier
courrier, le père gardien des Capucins
de Loudun. Il existe, dans cette ville, une
espèce de chanoine d'un esprit aimable
et d'un naturel entreprenant. A la suite
d'un procès, qu'il vient de gagner contre
le directeur des Ursulines et contre M. de
la Rocheposay, son évêque, il a obtenu
une sorte de triomphe, dont le signe a
été une couronne de laurier décernée
par une coterie de femmes de la première distinction. On dit cet homme d'un
caractère hautain et vindicatif : si son
amabilité lui a fait des partisans, il faut
croire que sa petite persécution a augmenté leur nombre et leurs prétentions.
Je le crois déplacé dans une bicoque et
parmi des ennemis vaincus. Rien de plus
venimeux que les haines provinciales : la

vanité les fit naître, l'insolence les aigrit,
le voisinage les entretient. Ordonnez-
moi, Monseigneur, d'éloigner de Loudun
ce dangereux chanoine : un poste plus
éminent conviendra mieux à ses goûts et
récompensera son mérite, qu'on me dit
très réel. Par là, peut-être, vous obvierez
à de grands malheurs. (1)

Je suis, avec un profond respect, Monseigneur, etc.

---

(1) La romanesque et tragique intrigue, dont Loudun fut le théâtre, dont les Ursulines de cette ville
devinrent les instrumens, et qui eut pour mobiles la vanité provinciale alliée à la rancune ministérielle, a fourni
à M. Regnault de Warin le sujet d'un roman historique
intitulé : URBAIN GRANDIER, ou le *Fanatisme*. On
y verra tracés de couleurs fortes et vraies les portraits
et les caractères de Richelieu, de Grandier sa victime,
des prêtres et des moines, persécuteurs de cet aimable
et imprudent frondeur qui expia dans les tortures et
sur le bûcher, le crime de plaire à contre-temps et
d'aimer sans circonspection. (*Note de l'éditeur.*)

LETTRE III.

Du signor Giulò MAZARINI, *au Cardinal.*

Paris, le 9 décembre, 16**.

MONSEIGNEUR,

De quelles expressions me faut-il servir, pour peindre à Votre Eminence tout l'excès de ma gratitude? La lettre dont elle vient de me gratifier, en mettant le comble à ses bontés, le met aussi à mon embarras. Mon silence en sera donc la marque, s'il plaît à Votre Eminence. Mais en le gardant sur ce que j'éprouve, je je saurai le rompre sur ce que je pense. Non pas que j'aie la témérité de croire infaillibles mes opinions : je les soumets entièrement aux lumières de Votre Eminence et à la sagacité du révérend père

Joseph, ce grand politique que la providence vous suscita, Monseigneur, pour
vous aider à partager le fardeau de l'E-
tat. Cependant la confiance dont vous
m'honorez me défend une injurieuse réserve; et c'est pour obéir à vos ordres,
autant que pour céder à la reconnaissance, que je vais vous entretenir avec
sincérité.

Permettez-moi d'abord, Monseigneur,
de vous faire observer que la dignité à laquelle vous ont fait monter vos talens, en
même temps qu'elle a fait taire vos ennemis
par son ascendant, en a augmenté le nombre par son influence. Outre certains adversaires personnels, que s'attire l'homme
du monde le plus prudent, vous avez pour
antagoniste l'armée des envieux, que
votre élévation irrite, l'armée des factieux
que votre fermeté désespère, et l'armée
des mécontens désolés de vos mépris.
Moins de difficultés décourageraient le
ministre qui n'aurait que du génie, ou
l'homme d'Etat qui n'aurait que du caractère; le premier se bornant à concevoir
des projets, l'autre à les exécuter sans dis-

cernement. Il n'en sera pas de même de
vous, Monseigneur, qui voyez avec autant de pénétration que d'étendue, et qui
mettez à frapper autant de vigueur que de
justesse. Déjà les envieux se taisent, ou se
cachent pour exhaler des murmures im-
puissans; les factions déconcertées cher-
chent leurs chefs, et ne retrouvent que
leurs membres dispersés; enfin c'est sous
l'apparence du respect, que les mécontens dissimulent leur dépit; et s'ils conspirent, leurs précautions pour se soustraire
aux regards prouvent assez qu'ils ont l'o-
pinion pour juge, plutôt que pour complice. Voilà, Monseigneur, un faible
crayon de la situation des choses et des
bienfaits du système que vous avez adopté,
dès les commencemens de votre ministère.

Ce système cependant, tout excellent
qu'il paraisse par les résultats, n'est point
sans inconvénient. Le plus majeur n'est
pas, qu'en comprimant les inimitiés, il les
rende implacables: qu'importe, en politique, la haine la plus furieuse, même la
plus légitime, si elle est sans moyens?
Mais ce qui importe beaucoup, c'est de

ne pas forcer les cœurs à ensevelir leurs
ressentimens; car, si les ennemis prennent
un visage de tendresse, comment rompre
leurs trames, comment même les pressentir? Or, Monseigneur, c'est, si j'ose m'exprimer avec cette candeur, c'est le cas
où se trouve Votre Eminence. Elle a pu,
il est vrai, forcer ses ennemis à se taire;
il eût fallu davantage : il eût fallu les con-
traindre à ne plus penser, surtout à ne
jamais se ressouvenir.

Il n'est certes qu'une âme haute et inac-
cessible aux considérations subalternes,
qui, pour l'intérêt de l'Etat, veuille s'attaquer à des têtes portant couronne. C'est
ce que Votre Eminence a fait avec succès, quoique non sans péril; c'est ce qui
lui vaudra les applaudissemens de la postérité la plus reculée; mais c'est en même
temps, ce qui lui vaut l'animadversion
d'un parti actuellement, sinon puissant,
au moins nombreux. Car, s'il a pour âme
des ambitieux sans capacité, il compte
parmi ceux qui le renforcent des politiques sans réflexion. Peu savent, par exemple, que la reine Marie, loin d'avoir les

vertus d'une souveraine, n'a pas même les
qualités d'une femme ordinaire; mais tous
savent qu'elle est infortunée, qu'elle
tombe incessamment dans la disgrâce de
son fils, et beaucoup se rappellent qu'elle
est veuve de Henri le Grand. Que de
motifs pour la plaindre et pour vous détester !

Je vois avec peine que vous donniez
suite à ce système de persécution contre
la maison royale. Je n'ignore pas combien sont funestes à l'autorité, les brigues
de ceux qui s'arment de son nom et in-
voquent ses intérêts : mais n'est-il d'autres
ressorts pour la paralyser, que les supplices
et l'effroi ?

Je ne sais si je me trompe ; mais il me
semble que, s'il y a quelque grandeur à
frapper ses ennemis en face, on commet
aussi l'imprudence de les rendre par là
trop intéressans. Si j'avais à punir ou à
me venger, je voudrais que le public me
marquât ma victime, que le cri d'une vin-
dicte universelle la poussât à l'échafaud,
et peut-être me verrait-on gémir et pleurer
sur sa tombe.

Au lieu donc d'ajouter à la liste de vos ennemis les noms que vous désignez dans votre lettre, et de grossir par là le nombre et l'espoir des mécontens, sachez le diminuer, en enchaînant ceux-ci à vos intérêts, comme à votre destinée. Leur position les rend recommandables; et puisque vous les avez trouvés dignes de votre colère, vous ne pourrez les trouver indignes de plus nobles procédés.

Ils conspirent, dites-vous; je le veux croire. Mais certes, ce n'est ni contre l'état, ni contre le roi. Ce n'est que pour s'emparer du gouvernement ou pour vous l'ôter à vous-même; peut-être pour ces deux objets à la fois. Ce serait un grand crime, s'ils tentaient un tel projet, et un grand malheur s'ils allaient réussir. En vous seul, Monseigneur, est le pouvoir de le déconcerter, en le tournant à votre avantage.

N'est-il pas vrai qu'à la place de M. de Montmorency, indigné de ne point avoir hérité de l'épée de connétable, lequel est dans sa famille comme un meuble de succession; n'est-il pas vrai que vous feriez

2.

sentir à la cour votre juste mécontentement? Promettez à ce seigneur qu'à la
mort du maréchal de Lesdiguierres, ce
meuble lui reviendra comme de droit.
Faites mieux, Monseigneur : attirez à la
cour madame la duchesse, dont l'esprit
et la beauté en feront l'ornement ; et
n'oubliez pas de répandre vos grâces sur
l'intéressante marquise de Sablé, maîtresse de son mari.

Le jeune de Gondy, que le hasard a
fait abbé, quand la nature l'a fait soldat,
se dédommage de ne pas porter le mous-
quet, en suivant madame de Chevreuse
dans le tourbillon des intrigues domestiques. Je vais bien étonner Votre Eminence ; mais quoiqu'à peine sorti de l'a-
dolescence, ce petit personnage a déjà
tout ce qu'il faut pour faire un grand ambitieux. Si cela est, vous avouerez qu'il
serait imprudent de s'en remettre à lui-
même du soin de son avancement. C'est
toujours ce que la saine politique doit ôter
aux gens de son naturel ; car une fois lan-
cés, l'on ignore si, comment et quand ils
s'arrêteront. Que Votre Eminence se char-

ge de la fortune de celui-ci; je le crois
digne d'être initié aux mystères de la
diplomatie, qu'il voudra percer à main
armée, si on les lui dérobe. Croyez-moi,
Monseigneur, cette éducation ne peut
que vous faire honneur et profit.

Chalais, qui semble dangereux par la
faveur du monarque, l'est plus, à mon
avis, par l'importance qu'on lui suppose.
Ce jeune homme peut avoir des qualités
morales; je le crois inepte pour la cabale et peu apte aux affaires. Il plaît au
roi, c'est fort bien; mais lui est-il vérita-
blement utile? J'en doute. Il ne s'agit
donc que de prouver à Louis xiii que
son favori n'est qu'une marionnette. Ce
prince a l'esprit juste, même sévère; il
rougira d'être descendu aux intimités de
la confiance avec un aimable comédien;
et ce retour en décidera la disgrâce. Il ne
faut faire l'honneur de les craindre qu'à
ceux qui ont de la consistance et qui ne
vivent pas d'une existence d'emprunt. Le
moindre choc fait fondre les autres.

La reine, que son personnel rejette dans
cette classe, en sort par son rang, et peut-

être un peu par l'abandon qu'en fait son
époux. Il faut lui faire oublier le majestueux ennui de l'un et la dédommager
des déplaisirs de l'autre. Et comment?
en la traitant en femme qui n'est aimable
que pour être aimée. Ici, le point capital
est de bien connaître les intrigues ; et pour
les bien connaître, il faut les ourdir, ou
du moins les diriger. J'aimerais mieux
rougir d'avoir présenté l'amant, que trembler de ne le pas connaître. Un coup de
maître serait d'indemniser par ce titre
Chalais de sa disgrâce. Quels accès de jalousie! quelle insolence amoureuse! quelle
aigreur matrimoniale! Heureux le ministre
à qui tomberait cette riche proie !

J'ai réservé madame de Chevreuse pour
la dernière, et c'est lui faire beaucoup
d'honneur que de la nommer. Comment
Votre Eminence s'occupe-t-elle de cette
mouche? Mon dieu, Monseigneur, lais-
sez-la s'agiter et bourdonner. Son rôle est
d'être ministre dans une ruelle; et comme,
à ce poste, on entend les secrets de l'o-
reiller, moyennant la plus modique pen-

sion, vous saurez chaque matin ce qu'aura rêvé la souveraine.

Pardonnez-moi, Monseigneur, de badiner sur des objets que, mieux instruit et plus pénétrant que moi, vous daignez honorer d'un grave examen. Pour moi, soit défaut d'expérience, soit par le tour habituel de mes idées, je ne puis les regarder que comme d'illustres futilités. Mais fussent-ils sérieux, je crois avoir indiqué les moyens de les détruire dans leurs principes, et conséquemment de rendre leurs effets peu dangereux.

Le système et la marche de Votre Eminence ont été jusqu'ici de conduire les hommes avec une violence qui refoule les passions dans leurs âmes; cela peut réussir, jusqu'à ce que des passions plus fortes que vos volontés osent s'élancer d'une âme aussi mâle que la vôtre. Je conviens que cela est difficile; mais enfin il suffit que cela ne soit pas impossible, pour que vos pratiques redoutent un écueil.

Après un maître comme vous, s'il m'est permis de citer un écolier tel que moi,

je dirai qu'en hazardant moins, si j'obtiens moins, j'obtiens avec plus de sécurité. Je mène les hommes par leur caractère, les femmes par leur tempéramment.
En feignant de suivre le mouvement des
passions, je l'imprime; et comme il n'y a
pas de secousse dans ma marche, je ne
crains aucune réaction.

Mais j'oublie, Monseigneur, qu'en voulant justifier la doctrine d'une lettre que
vous m'avez demandée, mon orgueil se
livre à des comparaisons pour le moins
déplacées. Vous avez pour motifs la nécessité qui excuse tout et l'expérience
qui consacre jusqu'aux erreurs. Pardon-
donnez les miennes à mon zèle : comment
pourrais-je mieux le prouver à Votre Eminence, qu'en m'exposant à lui déplaire,
pour ce que je crois la vérité? Mais aussi,
comment mieux lui prouver mon estime,
qu'en contrariant un ministre qui peut
tout?

Permettez, Monseigneur, que je me
dise, de Votre Eminence, le très humble, etc.

LETTRE IV.

De la Reine à la duchesse de CHE-
VREUSE.

Fontainebleau, ce 7 décembre, 16**.

Que faites-vous loin d'ici, ma belle duchesse? Pouvez-vous demeurer dix mor-
telles journées sans me donner de vos
nouvelles, et se peut-il que les affaires
aient tant de charmes pour vous, que vous
leur sacrifiez l'amitié? Etes-vous à savoir
cependant combien la vôtre m'est chère?
Je l'évaluerais mal en disant qu'elle m'est
agréable; vous n'ignorez pas qu'elle a
seule, avec les secrets de mon cœur, celui d'adoucir mes chagrins. Hélas! chaque
jour m'en apporte de nouveaux, ou aug-
mente les anciens: hier encore le roi, par
un trait signalé d'indifférence et de mépris, me fit sentir combien était pénible
le rôle d'épouse délaissée. Il arriva de la

chasse à la chute du jour; et, suivi d'une
escorte de chasseurs, il entra tout botté
dans mon appartement. J'étais au milieu
de mes femmes à entendre la lecture que
nous fesait mademoiselle de la Fayette,
d'une Nouvelle de Cervantes, mon auteur
favori. A l'aspect du roi, nous nous le-
vâmes; mais nous ayant fait signe de la
main de nous rasseoir, il indiqua, par un
autre, au marquis de Louvigny de me
présenter le pied d'un cerf qui venait
d'être pris. Louvigny s'avance, fléchit un
genoux devant moi, et découvrant un plat
de vermeil, il m'offre cet hommage. Le
roi cependant ne me dit pas une parole:
il roulait dans ses doigts un de ses gants
et regardait en dessous. En prenant le
pied de cerf d'une main tremblante, j'avais
les larmes aux yeux, et ne pus que balbutier quelques mots. A la suite de ceci, le
roi, reprenant un front plus ouvert, par-
court des yeux le cercle de mon assem-
blée. Vous savez, ma bonne amie, comme
il est charmant. On y voyait hier madame
de Montbazon, dont le front a tant de
noblesse et la gorge des proportions si

admirables; madame de Hantefort, qui a
sur son teint toute la fraîcheur d'une
blonde et dans ses yeux tout l'éclat des
brunes; la baronne des Anglecourts, dont
le port a tant de dignité, et la physionomie,
peut-être un peu sérieuse, tant de candeur;
sa belle-sœur, la marquise de Louvigny, petite brune vive et piquante ; mademoiselle
de la Fayette, douce et fière tout à la fois.
Madame la Princesse venait d'entrer :
vous savez qu'à cinquante ans, elle conserve, de cette beauté qui fit tourner tant
de têtes, les plus admirables restes; elle
était accompagnée de mademoiselle de
Guise, à laquelle on ne peut reprocher
que ses airs dédaigneux; de mademoiselle de Rohan, si belle et si froide, et de
mademoiselle de Vendôme, minaudière,
fantasque et pourtant si séduisante. Le
roi donc, après avoir jeté sur tous ces
charmes un regard presque riant, reprit
son air sérieux pour saluer madame de
Condé et les princesses de sa compagnie;
puis se tournant tout à coup vers La
Fayette : y a-t-il de l'indiscrétion, lui dit-
il, à demander quel écrivain a le bonheur

de captiver tant d'aimables personnes? La
Fayette, rougissant à l'excès, lui présente le livre, sur lequel le roi ayant laissé
tomber un coup d'œil : encore de l'espa-
gnol, s'écrie-t-il avec un accent de mauvaise humeur très marqué! Ce mouvement fit palir La Fayette, à qui le roi ren-
dant le volume, dit : ne craignez rien, mademoiselle, ce n'est point vous que je
blâme en ceci. Puis ayant salué légère-
ment, il nous quitte, sans même me regarder.

Qu'ai-je fait pour mériter son indifférence, ses dédains, ses mépris, un af-
front public? Est-ce ma faute à moi s'il
n'a pu me plaire? Dans l'âge de l'amour et
de la sincérité, il est dévoré d'une haine
dissimulée, et me punit ainsi de ses propres torts. Je n'ai plus de droits sur son
cœur, et ne prétends à aucun empire sur
sa personne; mais comment me refuse-
t-il les égards que l'on doit à mon sexe,
que l'on a pour mon rang? Ne suis-je plus
femme, ne suis-je plus reine? Oh! non,
je ne suis plus rien, puisque je ne puis
devenir mère! Une reine de France sté-

rie est moins que la dernière de ses su-
jettes !

J'eus beaucoup à souffrir de l'ascendant
qu'avait pris sur lui le connétable de
Luynes ; ce jeune homme y régnait avec
une impudence incroyable ; mais ce fut
à cette impudence même que je dus mon
salut. Ne doutant de rien, osant tout, il
osa parler de ma répudiation, et proposer sa sœur à ma place. Il fallait un trait
si hardi pour avertir le roi de son asser-
vissement. Je ne sais s'il s'en fût délivré ;
la mort du favori, mieux peut-être que
son insolence, ne le mit pas dans l'obliga-
tion de montrer une âme ferme ; et, pour
un temps, je recouvrai une partie de mes
droits.

Celui qui lui a succédé est loin de vouloir me les ravir, je le sais ; le pauvre
Chalais n'usera jamais de son influence
que pour être utile : il est si aimable et si
bon ! Et c'est un rare bonheur que mon
époux, ayant besoin d'une chaîne, la reçoive de mains si pures. Mais je doute
que l'angélique patience du nouveau favori tienne contre les sombres caprices

et les bourasques mélancoliques du maître. Il n'y a qu'un homme au monde qui
sache manier ce rude naturel; et c'est en
le faisant trembler. Je n'ai que faire de
nommer le cardinal de Richelieu.

Prêtre odieux! Voilà, n'en doutons
pas, mon amie, voilà l'auteur de tous nos
maux. Je dis les nôtres; car je sais, de
bonne part, que vous êtes comprise dans
sa haine et dans ses calomnies. Il prétend,
il affirme que vous me conseillez, et vous
représente comme la discorde entre mon
mari et moi. S'il avait un peu de conscience et de honte, il avouerait plutôt
que c'est lui qui remplit cet abominable
office. Sous prétexte de l'intérêt de l'État,
ne s'attache-t-il pas sans cesse à peindre
comme des crimes les affections les plus
innocentes, telles que l'amitié qui nous
lie et la correspondance que j'entretiens
avec mon frère d'Espagne? Cela doit-il
étonner d'un ambitieux, pour qui les
émotions du cœur sont des chimères, et
les tendresses du sang des faiblesses in-
compréhensibles.

Je ne doute même pas, qu'après m'a-

voir aliénée de mon mari, il ne trouve le
secret de le rendre jaloux; et, sous beaucoup de rapports, il n'aura pas de peine.
Du côté du roi, il trouvera un naturel tout
disposé : sombre, taciturne, ténébreux
et sans amour; voilà de bons commencemens pour être jaloux par orgueil et par
haine : du mien, facile, le plus souvent
enjouée, inconséquente quelquefois; en
voilà trop pour éveiller les soupçons. Il
ne manque que cet incident pour faire
du roi le mortel le plus haïssable, et de
moi la femme la plus infortunée.

Aux noires couleurs dont ma lettre est
teinte, vous voyez que j'en ai déjà le ton.
Ah! revenez vite, mon aimable amie,
venez faire refleurir un peu les roses de
votre enjouement sur tous ces cyprès!

Je vous attends demain dans la soirée,
après demain au plus tard; car l'affaire
du petit de Gondy doit être terminée.
Son duel avec Bassompierre est moins
que rien; c'est une égratignure qui n'aura
pas de suite, et le grave archevêque serait bien singulier de ne point pardonner,
quand le roi pardonne. J'ai tort au reste

d'en douter; n'avez-vous pas plaidé la cause, et quand on connaît l'avocat, faut-il hésiter sur le succès? Je vous attends donc bien décidément. Apportez-moi tout ce qu'il y a de nouveau eu musique; car je n'ai ici que des *vieilleries*, qui, au demeurant, vont fort bien à ma situation. Venez, mon ange, par votre voix de rossignol, faire honte aux chouettes de la forêt de Fontainebleau. Je vous baise en toute amitié.

LETTRE V.

De la Duchesse à la Reine.

Paris, 7 décembre, au soir.

Grande et bonne nouvelle, madame Il ne s'agit plus de lamentations, mais d chants de triomphe. Ah! mon cher e rusé cardinal, vous voulez joûter contr moi? Volontiers; mais permettez-moi u second. Je le donne en cent à Votre Ma jesté, je le donne en mille : quel est mo second ? D'abord, je vous déclare que ce n'est ni le noble Montmorency, ni le tendre Chalais, ni le turbulent Gondy. Tout cela se voit tous les jours; c'est du vulgaire. Mon second n'est point tout cela, il est mieux que cela, et ce qui va vous confondre, c'est qu'il est tout cela. Noble comme Montmorency, tendre comme Chalais, vif et plus remuant que le petit abbé. Hé bien! vous voilà toute déconcertée ? Vous vous y perdez; il faut avoir pitié de vous. C'est donc... Ah! que le cardinal va s'en ronger les doigts! Comme il va rouler obliquement ses petits yeux d'un bleu faux! Et le maître? avec quel majestueux étonnement, il va contempler tant de grâces! C'est qu'on n'est pas plus magnifique et plus galant; c'est qu'on a la meilleure tête pour les affaires, et les plus belles jambes pour un quadrille; c'est qu'on parle bien et qu'on agit mieux; qu'avec la jeunesse d'Alcibiade, on a l'expérience de Socrate; c'est qu'enfin on joint à l'amabilité, qui ne se trouve qu'à Paris, la profondeur qui ne se rencontre que dans *Saint Jam's-Squarre*. Lisez,

* 2

Madame, et osez me donner un démenti!

LETTRE VI

(incluse dans la précédente.)

Du duc D'HOLANT *à la Duchesse.*

Londres, ce 2 décembre, 16**.

Que je me serve de l'idiome de votre Montaigne, ou de celui de notre Shakespéar, il n'y a, madame, dans les deux langues, aucun terme assez énergique pour rendre toute la joie que je ressens. Elle est si vive et si poignante, elle me jette dans une situation si délicieuse et si indéfinissable, que je ne saurais mieux la comparer qu'à ces songes enchanteurs qui nous bercent de voluptés imaginaires. C'est pourquoi je tremble qu'un incident imprévu, en causant mon réveil, ne m'ôte toute ma félicité. Quoi! je vais me rapprocher de vous; je vais vous revoir, ô tout ce que j'adore! je vais retrouver,

dans vos yeux, tout le feu qu'ils ont allumé dans mon cœur! je vais admirer, dans
votre âme, cette sublimité que, par un
concert si rare et si heureux, vous faites
accorder avec la tendresse, et dans votre
esprit, ces lumières vives et pures, que
vous daignez tempérer par l'amabilité!
Oh! pourquoi manque-t-il au bonheur
de vous adorer, celui de vous plaire et
de vous fixer? Vous n'avez point à la vérité rejeté mes vœux, vous avez même
daigné me permettre des espérances. Mais
pourraient-elles être raisonnablement
fondées, lorsque vous-même ne m'avez
pas laissé ignorer qu'un autre vous avait
rendue sensible? Que j'envie sa fortune,
et que je haïrais son mérite, s'il ne contri-
buait pas à charmer votre vie! Mais puis-je
détester celui par qui tout ce que j'aime
est heureux? Non, madame; et depuis
que vous m'avez confié un secret qui m'a
percé le cœur, ce rival est devenu mon
ami.

Après la satisfaction de mettre encore
à vos pieds ce cœur qui ne vit que pour
vous, je n'en éprouverai donc point de

plus grande que de connaître personnellement M. le prince de Chalais. Je sais dans quelle faveur ses qualités l'ont mis auprès de son souverain ; mais l'hommage, mais l'admiration, mais l'attachement d'un homme qui, tout en vous adorant, veut mériter d'être son ami, auront peut-être quelque attrait pour son cœur délicat.

C'est le 5 que mon ami Buckingham reçoit son audience de congé, après laquelle il ne lui restera que quarante-huit heures pour les préparatifs de son départ. Je l'accompagnerai jusqu'à Amiens seulement, où les intentions de mon roi, sont que je séjourne pour disposer à *Madame*, sa future épouse, une réception digne d'elle et de lui. C'est dans cette circonstance, madame, que je me flatte de vous réitérer mes hommages, au milieu d'une cour dont vous faites l'ornement.

Je crois inutile de vous retracer le souvenir du nouvel ambassadeur; quand vous daignâtes honorer Londres de votre présence, il était un de vos plus assidus, comme l'un de vos plus sincères admirateurs. Vous voulûtes bien accepter de lui un bal, dans lequel vous remarquâtes avec un peu d'étonnement, qu'un penseur anglais dansait comme un jeune seigneur de France. Tous ceux qui connaissent Buckingham trouvèrent la louange juste et méritée; il serait difficile, en effet, de réunir plus d'agrémens à plus de solidité, et plus de cet esprit qui enchante à plus de ce mérite qui subjugue. De tous les jeunes pairs qui ont la confiance du roi, nul n'aurait donné de ce grand prince une idée également plus agréable et plus imposante; parce que nul, comme Buckingham, ne sait parer la majesté de ces grâces auxquelles on ne résiste pas.

Voilà, madame, l'aimable envoyé, sous les auspices duquel vont se serrer les nœuds, qui, par le mariage de Madame avec Charles Ier, doivent unir à jamais l'Angleterre à la France; voilà le héros séduisant auquel, tout inférieur que je lui sois, je n'ai pas hésité de servir de second. Si je n'avais consulté que l'amour propre, je me serais bien gardé de donner ainsi matière à un parallèle humiliant.

Au tort d'avoir passé la saison de plaire,
je joins le ridicule d'aimer; comment me
justifier? Mais, madame, il y a long-temps
que vos rigueurs, encore plus que ma
prudence, m'ont averti de ne vous adorer que comme on adore les divinités;
et ce sentiment est trop pur pour prêter à
la raillerie.

J'ose donc attendre et de mon humilité
et de votre indulgence, que vous rever-
rez sans colère celui que vous avez quelquefois écouté sans dédain. M. de Buckingham partant de Londres, le 10 ou le
12 au plus tard, ne pourra guère vous
faire sa cour avant le 15. A cette époque,
si les circonstances ne me paraissent pas
défavorables, j'aurai l'honneur de vous
faire part d'un mystère, sur lequel, aujourd'hui encore, il invoque ma discrétion.
Que ne puis-je être assez favorisé pour
vous le confier de vive voix dans quelque
temps, et vous renouveler, madame,
l'assurance des sentimens tendres et respectueux avec lesquels, etc.

~~~~~~

LETTRE VII.

Du Cardinal au père JOSEPH.

Ruel, ce 12 décembre, 16**.

Je commence cette lettre, mon père, par l'article qui termine la vôtre du 5 courant, article auquel je n'ai voulu répondre qu'après plusieurs informations. Il s'agit, si vous en avez mémoire, d'un chanoine de Loudun. Son nom est *Grandier*, et son caractère tel qu'on vous l'a dépeint; mais ce qu'on vous a caché, c'est e motif du procès qu'il vient de subir, et lont il a triomphé. Sans être précisément artisan des hérésies, il est bon que vous achiez qu'il était soupçonné d'avoir préonisé e mariage des prêtres et la dissoution des vœux monastiques. Mais quoie ue les réponses de cet homme n'aient oint été catégoriques, non plus que es perquisitions sur ses mœurs très favoables; cependant, comme rien de bien

criminel n'a été prouvé au procès, on a
cru devoir l'absoudre. Mon intention se
serait assez rencontrée avec la vôtre, pour
donner à cet intrigant une place qui l'as-
souvît et le contînt : mais outre que ce
serait, pour ainsi dire, consacrer l'esprit
d'audace et récompenser des idées sédi-
tieuses, j'ai su par son évêque, M. de la
Rocheposay, que m'attribuant le chagrin
de sa persécution, il avait promis qu'il s'en
vengerait. Il faut le voir venir, et c'est ce
qui m'a retenu (1). Passons, en attendant,
à de plus importans objets.

Voici, mon père, de quoi exercer votre
sagacité tranchante, aussi bien que la fi-
nesse subtile du Signor Giulò, à qui j'envoie cette partie de ma dépêche.

Apprenez l'un et autre que lord-du
de Buckingham arrive dans la semaine
avec la qualité d'ambassadeur du roi bri

_____

(1) Il est fâcheux qu'une partie de ces lettres aien
été détruites; elles contenaient vraisemblablement le
motifs secrets qui ont dirigé l'affaire à jamais exécrable
de la Possession de Loudun, et nous aurions su à quo
nous en tenir sur la part qu'y a eue le cardinal de Ri
chelieu. Le roman historique annoncé antérieurement
remplira peut-être cette lacune.

tannique, dont il a la procuration, pour
épouser, au nom de son maître, madame
Henriette, sœur du nôtre. Jusque là rien
d'étonnant, ni de fait pour alarmer. Ce
mariage, ménagé par mes soins, affaiblit
la maison d'Autriche, déjà trop fière et
trop puissante de la double alliance de
madame Elisabeth avec son monarque,
et du nôtre avec Anne, son infante. Fort
bien ; mais, en cherchant à diminuer l'influence d'une puissance superbe, il faut
prendre garde à encourager l'audace
d'une puissance qui ne l'est pas moins ; et
comme les grands événemens sont souvent produits par les plus petits moyens,
il faut craindre qu'une intrigue de toilette,
en attentant à mon crédit, en dérangeant
mes plans, en donnant à mes ennemis,
l'influence que je me suis, pour ainsi dire
conquise, ne fasse passer à l'Angleterre
la prépondérance que je viens d'enlever à
l'Espagne. Et voici comment un bizarre
concours de circonstances peut rendre
ceci possible.

Il y a, à peu près un an, que madame
de Chevreuse, qu'on retrouve partout,

fit le voyage de Londres. Elle y parut avec l'éclat qui chatouille si agréablement sa vanité; elle y fut reçue avec la considération due à son rang, à sa beauté et à la faveur dont elle jouit près de sa souveraine. Même, dans une fête que lui donna lord Holant, qui s'était déclaré son chevalier, elle affecta de faire briller un magnifique bracelet, sur lequel se trouvait un portrait de cette princesse. Ce fut à qui prodiguerait les éloges. Lord Buckingham, qui se trouvait parmi les spectateurs, l'admira plus que personne; et sur ce que lady Suffolk lui dit en riant, que la beauté de miss Jenny Epsom, sa maîtresse, ne pouvait, toute parfaite qu'elle fût, être comparée à celle de la reine, il s'approcha d'elle, et lui répondit à demi voix, avec la plus sublime impertinence, que s'il voulait s'en donner la peine, l'original de cette peinture ne serait pas plus difficile à avoir que l'autre. Celui qui recueillit cet insolent propos m'a ajouté que la duchesse de Suffolk en fut si scandalisée, qu'elle se leva en rougissant, et dit à Buckingham avec une émotion visible : Taisez-vous : si l'on vous entendait, vous seriez bien heureux qu'on vous crût fou.

Si c'était un écervelé qui eût lâché ce mot insensé et coupable, je ne le relèverais point : mais Buckingham a plus que de l'esprit, et quoiqu'il soit pétri d'un amour propre excessif, jamais il ne l'eût compromis de cette manière, s'il n'y eût été encouragé. J'ai tout lieu de présumer que sa hardiesse a été soufflée par madame de Chevreuse, qui ne respire que pour donner un amant à la reine ; et quoique j'aie long-temps rejeté ce soupçon, comme dépourvu de sens, je crois qu'il peut rénaître aujourd'hui que tout s'accorde pour le justifier. En effet, lord Buckingham obtient l'ambassade de France, au préjudice de dix concurrens qui sont ses égaux en dignités et ses supérieurs en services ; et il se fait accompagner par lord Holant, à qui sa passion platonique pour madame de Chevreuse sert de prétexte pour venir organiser une pernicieuse cabale.

J'ai redouté Chalais, qui n'a que sa fi-

3

gure et ses langueurs ; la belle tenue de
Montmorency m'a donné du souci ; et je
n'ai point été sans inquiétudes sur la pé-
tulance aimable de l'abbé de Gondy : cependant, sans parler qu'ils sont Français
tous trois, c'est-à-dire, que s'ils compro-
mettaient mon administration, ils respec-
teraient au moins leur patrie, je n'ai point
avec eux à redouter l'ascendant singulier
et l'influence active d'un caractère décidément original.

Et voilà ce qui rend Buckingham véri-
tablement formidable. Sous les formes
brillantes d'un Apollon, il renferme une
âme, ou plutôt un génie qui, dans son incroyable mobilité, semble animé d'un
souffle divin. Héros sur le champ de ba-
taille, législateur dans le cabinet, orateur
au parlement, c'est tout à la fois Périclès,
Solon et Démosthène ; mais en sortant du
théâtre du carnage, ou de la poudreuse
arène où s'agitent les destins des états,
ce n'est plus qu'un homme aimable, qu'un
séduisant Alcibiade, qui vient, dans le
sein des belles, échanger tous ses lauriers
contre les fleurs que leur amour lui pro-

digue. Avec tant d'avantages, s'il s'est
permis la fanfaronnade que je vous ai rap-
portée, croyez-vous qu'il n'ait pas tous les
moyens d'aller au delà de la parole? Pensez-vous aussi que la reine, qui ne demande qu'à se consoler de son veuvage
prématuré, n'ait pas la curiosité de véri-
fier si le héros est au dessous de sa renommée?

Ce n'est pas tout. Ce petit César qui
conquiert à la fois l'estime des hommes
et le cœur des femmes, est fort avant dans
celui du faible Charles, à qui il faut aussi
des favoris, mais qui ne trouve ni dans
sa tête assez d'opiniâtreté pour les arrêter, ni dans son ministre assez de vigueur
pour les contenir. On peut donc, sans
exagération, considérer Buckingham
comme le maître de Westminster; et s'il
daigne user de son ascendant pour captiver Madame, sur laquelle son attachement pour le roi son frère, et pour la
France, m'a acquis une influence marquée; dites-moi, je vous prie, que devient
mon ouvrage, et quel rôle il me reste à
jouer à Londres?

Tout cela, je vous l'avoue, me chagrine et m'alarme; et il y aurait une cruelle fatalité de voir démolir l'édifice de la puissance française, parce qu'il aura convenu à une favorite intrigante de donner un amant à sa maîtresse délaissée! Que résoudre cependant? J'avais bien quelqu'intention d'écarter la Chevreuse, au moins pendant le séjour de l'ambassadeur; mais d'une part, sous quel prétexte? et de l'autre, puis-je également éloigner la souveraine? Vous m'allez demander, pourquoi je n'ai pas déterminé le choix d'un autre envoyé? Croyez-vous que je n'y aie pas songé? Au défaut du lord Salisbéry, qui est tout à moi, je l'avais fait tomber sur le comte de Carwinforth, un bon homme dont nous aurions eu le secret, en vidant avec lui quelques bols de punch; mais la belle Jenny Epsom s'est enfermée deux heures dans le cabinet du maître, et à la sortie de cette tendre Aspasie, la nomination de Carwinforth a été révoquée en faveur d'Alcibiade.

S'il n'avait pas été contre toute bienséance, j'aurais fait faire à Madame la moitié du chemin; et lui donnant pour écuyer M. de Montmonrency , je l'aurais envoyée à Amiens, à l'exemple de madame Elisabeth , que le duc de Guise conduisit jusqu'à Fontarabie. Mais quand j'ai voulu tâter le maître à cet égard, il a froncé le sourcil d'un air trois fois plus soucieux que de coutume; et m'apprenant ce que je savais mieux que lui, il m'a démontré la différence qui était entre les personnes et dans les occasions. Je vous épargne , mon père, ce parallèle diplomatique, d'où résulte la supériorité de la maison d'Autriche sur celle de Stuart; supériorité , que vous et moi , hélas! n'avons que trop constatée!

L'arrivée de Buckingham à Paris n'est donc plus problématique; son entrée est arrêtée , et les cérémonies en sont ordonnées; les présentations vont de suite , et les entrevues ne tardent pas après les présentations. Ce sont ces entrevues qu'il faut empêcher, comme aussi ce sont les correspondances qu'il ne faut pas laisser établir. C'est sur quoi, mon père, je vous expose mes terreurs, comme aussi

c'est sur quoi je vous demande vos conseils.

~~~~~~

LETTRE VII I.

Du père JOSEPH *au Cardinal.*

Au convent des Capucins, le 13 décembre 16**.

Pour cette fois, Monseigneur, je regarde comme fondées les craintes de
Votre Eminence. Oui, dans toutes les
carrières, M. de Buckingham est très
redoutable; et si j'ose renchérir sur l'idée
que vous vous en faites, je soupçonne
qu'il existe dans quelques cerveaux
le projet de vous l'opposer comme rival. Si cela n'était que fou, l'on s'en
rirait; mais cela est scélérat, il le faut
châtier; mais cela est dangereux, il faut
s'en garantir.

Cette idée d'envoyer Madame à Amiens,
et de rompre par là toute possibilité de
communication entre les cabaleurs, cette
idée était lumineuse : pourquoi ne pas
vous y tenir? Vous aviez pour la réaliser,

des exemples et l'autorité.. Qu'importe
après tout, que les règles de l'étiquette
soient violées, si le salut de l'Etat n'est
point compromis? Il me semble, Monseigneur, que c'est là ce que vous deviez
faire entendre au roi : est-ce la première
chose que vous lui auriez fait faire contre
son opinion? Les hommes tels que lui
sont trop heureux quand ils ont pour
guide un homme comme vous. La naissance lui donna, avec le trône, le naturel
d'un sujet; à vous, Monseigneur, elle
donna le cœur d'un roi : gouvernez;
ainsi le génie se dédommage des torts de
la fortune.

Au demeurant, s'il est trop tard pour
user de cet heureux expédient, il vous
en reste un, non moins et peut-être plus
décisif... Surtout, il est mieux dans le caractère d'austérité franche qui distin-
gue tous les actes de votre administration. Buckingham, s'il est loyal, ne saurait
manquer d'en être satisfait. Aussitôt qu'il
aura eté présenté à Votre Eminence,
qu'elle le mande dans son cabinet; et là,
de ce front sévère, où semble siéger la

majesté de l'Etat, manifestez-lui, que son
discours au cercle du lord Holant vous
est connu; répétez-le lui, et ajoutez, non
pas que vous espérez qu'il n'aura nulle
suite, mais que vous ne voulez pas qu'il
en ait. Je devrais peut-être châtier cet
attentat, pouvez-vous lui dire encore; car
il s'attaque à l'honneur du souverain,
dont je suis le représentant, et, lorsqu'il
est outragé, le vengeur; mais je veux bien
étouffer dans l'oubli un propos échappé
à l'orgueil en délire. Si pourtant j'appre-
nais qu'ainsi que moi vous n'en avez pas
totalement perdu la mémoire, n'en dou-
tez pas, monsieur l'ambassadeur, vous
connaîtriez bientôt que celui qui peut
pardonner sait aussi punir.—Un tel avertissement de la part d'un ministre qui ne
menaça jamais en vain vous subjuguera
un homme sur lequel tout ce qui est
grand a des droits; il ne sera pas long-
temps sans comprendre qu'il est aussi
glorieux d'être votre ami que peu sûr
de devenir votre adversaire; et ceux
qui voulaient opposer Buckingham à Ri-

chelieu frémiront de les voir réunis contre eux.

A la suite d'une telle audience, hâtez, pressez, brusquez les fiançailles de Madame. M. de Chevreuse, qui doit la conduire à l'autel, arrive demain de Lorraine: ainsi nul prétexte de retard. Opposez au désir des fêtes qu'on ne manquera pas de demander, la pénurie des finances; et si, au nom de son maître, l'ambassadeur en proposait, ajournez-les à Amiens. La nouvelle reine pourrait les y recevoir sans inconvénient, pourvu que la cour, et surtout les deux reines, sa mère et sa belle sœur ne s'y rendissent pas. C'est là surtout ce qu'il faut empêcher.

Conservez sur Madame une influence décidée, et établissez-en le canal par une correspondance fréquente, intime et familière avec le roi. La jeune Henriette, qui touche à sa seizième année, a tant de moyens pour plaire, qu'il est certain qu'ils ne seront pas inutiles sur son mari. Pour peu qu'elle le veuille, sa présence éclipsera ses favoris; et le superbe Buckin-

gham lui-même se verra contraint de céder à un enfant. Que cet enfant *sache* parfaitement *sa leçon* et se ressouvienne de
sa patrie, il vous sera aussi aisé de connaître les oracles de St.-James, peut-être
même de les dicter, qu'il vous l'est de rendre ceux du Louvre. Mais que la nouvelle
Souveraine ne perde pas de vue qu'elle
va régner sur un peuple fier, sauvage,
jaloux de sa liberté et tenace dans ses opinions. C'est ici, que par un amour éclairé
de la religion, il ne faut pas qu'elle en
prenne trop hautement la défense. Peu à
peu, ces esprits qui paraissent inflexibles
s'amolliront; et si les Français qui suivent
Madame se contentent de pratiquer le
christianisme, en l'appuyant par des vertus, ils feront plus de prosélites qu'en
expliquant ses dogmes. Le père de Bérule, qu'on a donné à la princesse pour
confesseur, est très capable de la diriger
dans ces principes, qu'entre nous il eût
été désirable qu'on pût suivre dans nos
débats avec les prétendus réformés; si
toutefois leurs excès dans tous les genres,
en troublant la paix de l'État, n'eût forcé

ses chefs à les contenir par une juste sévérité.

On dit que l'indisposition de la reine
continue ; profitez-en pour la tenir relé-
guée à Fontainebleau, dont ses médecins
ont ordre de vanter la salubrité. Que n'y
pouvez-vous contenir aussi sa dangereuse
favorite ? Mais au moins, surveillez-la, et,
durant le séjour de l'ambassadeur, ne
permettez-pas qu'elle fasse un geste que
vous n'en soyez scrupuleusement informé.
Le plus sûr eût été de s'assurer d'elle, sous
un prétexte quelconque ; et vous avouerez que sa conduite peut aisément en
fournir.

Je rougirais presque de descendre à
tous ces détails, si je n'avais pour les lé-
gitimer l'ordre exprès de Votre Éminence. Avec un œil si supérieur, je regrette quelquefois de lui voir le bras si
timide ; il est vrai qu'elle aime mieux frapper juste, que frapper fort ; et en cela,
je ne saurais qu'applaudir à une réserve
à laquelle ne s'astreint pas toujours le
génie.

Je ne veux pas finir ma dépêche sans

vous faire part d'une petite anecdote
assez réjouissante. Le duc de Mortemar
était ce matin dans la galerie sur laquelle
ouvre ma celulle. Il y attendait, en gre-
lottant, que j'eusse expédié frère Ange,
mon secrétaire, afin d'obtenir quelques
minutes d'audience. Quand je songe à
l'influence qu'exercent sur les hommes
ambitieux, ce qu'ils appellent les honneurs, et quand je vois que pour les obtenir, les plus grands et les plus fiers seigneurs ne rougissent pas de s'humilier
devant un *capucin indigne*, parce que le
hasard en a rendu ce capucin le dispensateur, j'ai réellement pitié de mon espèce, et je me venge, par ce sentiment,
des respects forcés que je lui arrache.
Cette dernière réflexion peut, à bon droit,
s'appliquer au duc de Mortemar. Votre
Eminence n'ignore pas combien il est orgueilleux et hautain. On dirait, pour imi-
ter la comparaison d'Horace, que le mépris tombe de son sourcil, *Naso suspendit adunco* ; de manière que les civilités
qu'il fait à mon crédit redoublent de
beaucoup les rides de ce visage altier. Ma

porte s'ouvre; je le vois qui s'exhausse
sur l'orteil pour se faire remarquer; c'est
vainement, je suis impitoyable; et, après
avoir ramassé quelques papiers, que diverses mains me présentaient, je franchis
la foule et descends l'escalier, en annon-
çant que je vais dire ma messe. J'avais sur
les talons le malheureux duc qui, gêné
par sa rotondité, haletait pour me joindre.
Au bas des degrés, et comme j'entrais
dans la cour, il m'atteint : alors, d'une
main rejetant mon capuchon sur mes
épaules, et lui tendant l'autre, je le place,
à deux pas de moi, et marche en le pré-
cédant. Le vent sifflait, soufflait et glaçait
la tête nue du superbe, qui d'un ton hum-
blement vain me recommandait je ne sais
quel chapelain qu'il honore, disait-il, de
sa protection. Je remarquai que le vent
avait dérangé les boucles de sa perruque;
mais qui dérangera, qui effacera les plis
que l'amour propre a tracés sur son front ?

LETTRE IX.

Du signor Giulo MAZARINI *au Cardinal.*

Paris, ce 13 décembre 16**.

MONSEIGNEUR,

Si jamais l'adresse fut nécessaire et la
ruse légitime, c'est au moment que la
force est paralysée et que l'autorité ne
peut rien. Autant que j'en puis juger par
les premières données, diverses circonstances mettent la vôtre en défaut. Il n'est
point ici question de sujet mutin qu'un
choc du pouvoir réduise au silence et à
la nullité; ce n'est point non plus un usurpateur qui vous défie à main armée : c'est
un jeune intrigant, c'est, si vous voulez,
un ambitieux téméraire qui prétend employer une cabale aux intérêts de son
plaisir. Le mépris devrait payer tout autre
que Buckingham; mais il n'est pas de ces
mortels pacifiques qu'on dédaigne impu-

nément. Aussi bien, comme l'a judicieusement remarqué Votre Eminence, il est, sans le savoir, le mannequin d'un parti, et ce ne serait pas lui seul qui recueillerait les fruits de la comédie dont, fort heureusement pour vous, il a joué publiquement la première scène.

Jusqu'ici, Monseigneur, vous avez paru excessivement craintif sur les liaisons que pouvait former la reine : vous avez redouté, qu'appuyées de son nom, elles ne fortifiassent le parti qui trame silencieusement contre vous. Plus d'une fois j'eus l'honneur d'indiquer à Votre Eminence le seul moyen qui, sans user de son autorité, pouvait les lui soumettre. Mais pour arriver à ce résultat, il fallait quelques ménagemens; il était nécessaire de marcher un peu de biais, et c'est ce qui, jusqu'alors, vous a toujours répugné. Ou vous avez cru indigne d'un grand caractère d'adopter des tempéramens qui semblent indiquer la faiblesse; ou vous avez jugé que vos adversaires ne méritaient pas qu'on se donnât la peine de les abuser. Cependant, Monseigneur, c'est avec cette

tactique qu'ils vous inquiètent; c'est par
elle qu'ils peuvent vous engager dans de
fausses démarches, et c'est par elle surtout qu'ils échapperont aux coups de
l'autorité. En feignant, au contraire, de
ramer dans leur sens, en leur fournissant,
s'il en est besoin, des complices, vous
vous assurez de leurs secrets, vous percez
leurs mystères, que votre prudence peut
déconcerter au moment même qu'ils sont
formés; et par cette petite guerre sourde
et ténébreuse, vous prévenez sans cesse
vos périls et leurs succès.

J'admire plus que personne le père
Joseph; c'est un politique transcendant,
un caractère romain, un génie fier, in-
domptable et persévérant. Mais, excellent
pour ces entreprises où l'œil de l'aigle et
ses serres tranchantes sont nécessaires, je
le crois peu propre à conduire une affaire
dans le calme et par la dextérité. Il aime
mieux rudoyer, briser, anéantir les obstacles, que les éluder avec souplesse;
bien différent en cela de Votre Éminence,
qui n'éclate jamais qu'après avoir hésité
long-temps, et dont les violences sont

d'autant plus terribles, qu'elles sont imprévues. C'est ainsi que, par des combinaisons profondes, vous réunissez tout ce que mon système offre d'adroit, à tout ce que le sien présente d'effrayant. Le succès, qui justifie tout, permet difficilement des objections. Je dois donc me contenter, dans cette occurence, de vous indiquer ce que je ferais moi-même, et que vous pouvez regarder comme une théorie préliminaire. Les conseils du père Joseph marqueront le dénouement.

Comme je ne me départs point de cette idée, que c'est par les passions qu'on doit conduire les hommes, il suit qu'afin de diriger à notre avantage celles du duc de Buckingham, il les faut apprécier. Et cela, je l'avoue, ne me paraît pas facile avec un homme qui, les ayant peut-être toutes, sait toutes les réprimer au besoin, comme il leur donne à toutes l'essor, selon l'occasion. En effet, si je l'examine au conseil, je reconnais en lui un génie supérieur qui subordonne aux grands intérêts des états tous les mouvemens des humaines faiblesses; et dans ce sens, s'il est dange-

reux en politique, comme ce ne peut être
que par des qualités, il n'est point à redouter dans les intrigues qui s'alimentent d'im-
perfections. Si, au contraire, je le considère dans les détails de la vie domestique,
je le trouve agité par ces misérables émotions à travers lesquelles l'humanité cherche les jouissances et ne trouve trop souvent que les privations. Buckingham alors
livre ses sens à la volupté, son esprit au
babil des cercles, son cœur aux rêves de
l'ambition, son âme aux prestiges de la
vanité; c'est Jupiter descendu de l'O-
lympe, et qui, déguisé en mortel, en a
pris, avec les organes grossiers, toutes
les affections matérielles. De crainte de
trop donner à une prévention favorable,
c'est ainsi que j'envisagerai le duc. Maintenant des passions qui se le partagent,
quelle est celle qu'il caresse habituellement, et qui affaiblissant les autres, a
fondé son empire sur leurs débris? Est-
ce l'amour propre, est-ce l'amour?

Si c'est l'amour propre, que par tous
les moyens dont vous pouvez disposer, il
soit convaincu que la reine, délaissée de

son époux, n'a pas même assez de mérite
pour trouver un consolateur. Que cette
image d'une femme jeune, belle, reine
et pourtant abandonnée, le frappe d'a-
bord, le saisisse, s'empare de lui. Quelles
idées ne fera-t-elle pas naître? Il faut les
seconder. C'est alors qu'un peu de calomnie relève merveilleusement ces premières impressions. La maladie de la souveraine, sa retraite à Fontainebleau, four-
nissent un excellent canevas, qu'une main
prudemment perverse peut nuancer des
plus vives couleurs. On parlera de défauts
de caractère, d'infirmités corporelles et
secrètes, de ces choses enfin, qui, révol-
tant pour jamais un époux, repousse-
raient infailliblement l'amant le plus
passionné, et ne trouvent pas de contre-
poids même dans l'éclat du sceptre. La
position physique et morale de la reine
prête naturellement à des soupçons; il
faut seulement qu'ils soient jetés, dans
l'esprit du prétendant, avec les ménagemens les plus circonspects. Surtout qu'ils
ne partent pas, ou n'aient pas l'air de partir de bouches intéressées; ils devien-

draient tout au moins suspects à un homme qui n'ignore point la situation des
choses. Mais s'ils sont semés adroitement,
jugez avec quelle avidité ils seront recueillis, et quelle accablante réponse à tous les
plans de la vanité!

Il est fâcheux que les mœurs de la princesse soient tellement respectées, qu'on
ne puisse même hasarder contre elles une
légére médisance. Toutefois les inductions
malignes ne sont pas défendues; il est
des réticences qui déclarent, et des néga-
tions qui affirment. Un esprit subtil tire
parti de tout; ce qui d'abord paraît contre
lui, il le tourne à son avantage; et le coup
de maître, en fait de cabale, est de donner des torts à la vertu.

Nous n'emploierons pas, au reste, ce
moyen, si l'amour, surtout l'amour platonique (c'est-à-dire la plus sotte des
chimères, et orgueil d'espèce différente)
domine le duc; ce dont je doute. Dans
ce cas cependant, tout comme dans
celui où l'inflammation des sens aurait
pour prétexte les transports du cœur, il
faut préparer d'autres batteries. Il faut

opposer à ces prétentions une passion ardente et bien allumée, un rival heureux,
et, dans ce rival surtout, des qualités recommandables qui ne permettent aucun
espoir à la concurrence. Au surplus, que
Votre Eminence se rassure ; il n'est pas
question, pour accuser cette liaison, de
l'établir ; les objets peuvent, au contraire,
en devenir les victimes sans la connaître.
Il suffit, pour la prouver, d'un prétexte,
et pour vos intérêts, que le duc en soit
convaincu.

Mais des trois contendans qui jusqu'alors vous ont fait ombrage, le seul
Montmorency doit être préféré. J'ignore
quelles sont ses vues, et je crois que la
reine n'a pas pour lui une prédilection
plus marquée que pour les autres. C'est
ce qui importe fort peu. Le point essentiel
est que lui seul, par ses avantages personnels, peut balancer ceux de Buckingham.
Cet étranger, quelle que soit son ardeur,
la sentira bientôt s'éteindre, lorsque, pour
la satisfaire et la faire partager, il se croira
dans la nécessité de chasser d'un cœur
où il règne l'un des plus grands seigneurs

de la cour et l'homme du monde le plus
aimable. Si pourtant la seule vanité d'attacher une grande reine à son char poussait l'ambassadeur, comme le témoignait
assez son propos, il faudrait bien se garder
de la stimuler par l'aspect de ce rival pos-
tiche. La double gloire de triompher d'un
ennemi si redoutable et de s'approprier
sa conquête suffirait à un homme entreprenant pour affronter tous les dangers.
Dans ce cas, il faut indispensablement
adopter ma première manœuvre. N'opposons jamais à l'orgueil trop de résistance,
et surtout, dans la victoire, gardons-nous
de lui offrir un prix; on n'émousse son
aiguillon qu'en lui fesant trouver des récompenses dans sa défaite.

Mais comment établir entre la reine et
Montmorency l'apparence d'un commerce si intime, qu'il ôte à Buckingham toute
espérance et tout désir de tentatives?
Comment? Que Votre Eminence adopte
d'abord ce moyen, et qu'elle daigne m'en
remettre l'application. Ne suis-je pas,
ainsi que dans l'autre, servi par le hasard?
Les soins rendus à Sa Majesté par le duc,

sont connus et visibles; mais, comme
d'autres avec lui les partagent, il convient
à mon projet de les envelopper de plus
de mystères. C'est sur quoi je n'ai que
faire de m'expliquer aujourd'hui. Je ne
sollicite qu'un consentement pour entamer l'intrigue, et le bonheur de l'issue
vous prouvera également mon zèle et
son efficacité.

Ainsi, Monseigneur, que Votre Eminence voie avec joie, plutôt qu'avec
crainte, l'arrivée du duc de Buckingham.
Supposons qu'il vienne vous défier, atten-
dez-le de pied ferme. N'êtes-vous pas
sur votre terrain? N'hésitez nullement à
lui prodiguer des fêtes et des honneurs.
Il faut qu'il remporte de la France une
idée imposante et magnifique. Vous avez
encore en Madame un levier puissant
pour atteindre jusqu'à Londres; mais ce
texte est trop important pour n'être pas
commenté à part, et je me réserve de vous
communiquer bientôt les pensées qu'il me
fait naître. Pour ce qui est d'aujourd'hui,
montrez-vous ce que vous êtes en effet,
grand, majestueux, maître souverain et

absolu, pouvant devenir terrible, mais
préférant de vous manifester par la bonté.
Déchargez-vous sur moi de la fatigue des
cabales, sur le père Joseph de la douleur
des châtimens. Par-là vous échapperez à
tout ce que l'intrigue vous paraît avoir
d'avilissant, à tout ce que la sévérité présente d'odieux. Ne nous considérez, lui
et moi, que comme deux instrumens,
par lesquels tour-à-tour vous manifestez
votre influence ou votre autorité. L'une,
aussi subtile qu'étendue, doit pénétrer
invisiblement, non seulement dans les
abîmes les plus ténébreux de la diplomatie, mais dans les confidences les plus
minutieuses des ruelles; l'autre, aussi
prompte qu'inflexible, doit ployer sous
un joug d'airain tout front altier ou in-
surgent. Par l'une, vous envelopperez vos
ennemis, comme dans un vaste filet, aussi
serré qu'imperceptible; par l'autre, vous
les frapperez avec justesse et sécurité.
Réunies, elles asserviront à votre gouvernement, depuis le plus obscur sujet,
jusqu'à celui au nom duquel vous l'exer-
cez. Et c'est ainsi que, par la ligne de

l'habileté qui guide la force, et de la force qui seconde l'habileté, vous monterez insensiblement au faîte d'une puissance que couronnera la gloire et qui n'aura de terme que votre vie.

~~~~~~

LETTRE X.

Du Cardinal au Roi.

Paris, 19 décembre, 16**.

Sire,

C'est demain que doit se faire l'entrée solennelle de mylord Buckingham; après quoi il sera présenté à Votre Majesté, à la Reine, à Madame, aux princes et princesses de votre sang et à vos ministres. Votre Majesté voulut bien me demander hier mon avis sur le personnel de cet étranger, et je remis à m'expliquer aujourd'hui. Sire, voici l'opinion qu'on en conserve en Angleterre et le jugement que ceux qui l'approchent en ont établi.

5.

Mylord Georges, duc de Buckingham, semble à l'extérieur doué de tous les avantages. La nature lui a prodigué les charmes du corps, qui d'abord captivent; la fortune l'a comblé de faveurs qui assurent des partisans; il a l'esprit orné, l'imagination vive et l'usage de la parole noble et aisé. Enfin son caractère aimable et souple prend aisément toutes les impressions, convient à tous les goûts, subjugue tous les esprits. Si mylord Georges ne faisait servir tant de dons qu'au triomphe de la justice et de la vérité, ce serait un héros; mais il les gâte et les corrompt par des mœurs dépravées, par une improbité reconnue, et par une fourberie effrontée. On assure que ses principes religieux, qui par leur nature sont infectés des vices de l'hérésie, ne peuvent même trouver aucune excuse dans l'observance de la morale. Sa conduite à l'égard des femmes prouve qu'il les aime plus qu'il ne les estime, et qu'il ne les aime que pour les jouer. Après s'être montré le coryphée des beautés les plus célèbres de la cour, il porte aujourd'hui les chaînes d'une cer-

taine Jenny Epsom, espèce d'héroïne de
roman, qu'il a enlevée aux montagnes
d'Ecosse, où elle avait élevé un temple à
la religion fantastique du barde Ossian.

En politique, la doctrine et la conduite
du duc ne sont pas plus dignes d'éloges.
Ami dès l'enfance du lord Salisbéry, il a
tout fait pour le supplanter dans la faveur
du roi Charles, et il y est parvenu. On
conçoit difficilement l'ascendant qu'il a
pris sur ce monarque; et V. M. en aura
une idée, quand je lui aurai dit qu'il a eu
le crédit de présenter sa maîtresse et de la
faire recevoir au cercle de la cour, où
les chimères de cette visionnaire prêtent
à la fois à l'horreur et au ridicule. Mylord
Georges, d'ailleurs, si l'on en juge par
quelques négociations qui lui ont été con-
fiées, est capable de tout tenter pour sacrifier, même contre la justice, le droit
des gens et de l'humanité, toutes les puis-
sances à la sienne, et la sienne à son propre orgueil.

Ainsi, de quelque manière qu'on envi-
sage ce seigneur, soit comme particulier,
soit dans son caractère public, je le crois

très dangereux, et je pense aussi, que non seulement on doit s'armer de défiance contre ses principes, mais surveiller ses projets. La sœur de V. M. est jeune, timide, sans expérience ; il serait affreux que cet ange reçût de ce démon des insinuations fausses et perfides. Il paraîtra sans doute indispensable à V. M., qu'après avoir terminé avec toute la promptitude possible les fiançailles et le mariage de Madame, elle soit confiée à un seigneur dont l'âge, l'expérience et la moralité puissent balancer la fatale influence du duc de Buckingham.

J'attendrai sur tout cela les intentions et les ordres de Votre Majesté.

~~~~~~

LETTRE XI.

Réponse du Roi.

L'Angleterre étant devenue mon alliée par le mariage de ma sœur avec le roi Charles Stuart, je vous fais cette lettre,

monsieur le cardinal, pour vous dire qu'il
serait contre mes intérêts de rien brusquer.
On peut avoir exagéré les défauts de M. de
Buckingham, ou les informations que
vous avez prises peuvent avoir été fournies
par ses ennemis. Je regarde comme très
prudent, et je juge à propos de l'examiner
par moi-même. Ce qui n'empêche pas
que vous le fassiez surveiller, lui et ses gens.
Mais il ne faut rien changer au plan de sa
réception, ni à l'ordre des cérémonies :
c'est mon intention, et je m'empresse de
vous la manifester, afin que vous n'en
ignoriez. Sur ce, je prie Dieu, monsieur
le cardinal, qu'il vous ait en sa sainte et
digne garde.

Donné à Paris, au château du Louvre,
le 19 décembre, 16**, de notre
règne, le ***.

LETTRE XII.

Du duc de Buckingham, *au lord d'*Holant

Ce 23 décembre, 16**, à Paris.

Cinq fois vingt-quatre, combien font-
ils ? Cent vingt, si je ne me trompe.
Voilà donc cent vingt heures de résidence
dans ce pays, dont plus de cent en révé-
rences, une douzaine en festins et le reste
à dormir, s'il y a lieu. Aussi je sais tout,
j'ai tout vu, j'ai parlé à la ville, à la cour,
aux bourgeois, aux duchesses, au parlement, aux valets de pied, à la robe, au
clergé, à l'épée, à l'univers entier. La
belle chose qu'une ambassade ! La drôle
de commission qu'une demande en mariage ! Mais il faut avoir un corps de fer,
une poitrine d'airain et des oreilles de
Midas. Tudieu, quel peuple que celui-ci !
Une fourmilière en activité n'en donne pas
l'idée : c'est une ruche renversée. Que de
mouvemens sans objets, que de bruit sans

motifs, que de propos en l'air, que d'opinions sans principes, que de jugemens sans
réflexions! J'adore tout cela; ces extrava-
gances sont divines; je roule avec délices
dans ce tourbillon; je me lance à corps
perdu dans ces frivolités; je nage dans
mon centre. Pourquoi ne suis-je point
Parisien; je mériterais surtout d'être Français. Pour courtisan de Louis le Sérieux,
oh! votre serviteur! Dieu me garde surtout de l'honneur d'être son favori! Ah!
quel triste personnage! tout le temps de
mon audience, il ne s'est pas déridé. En
vérité, il fait le roi à merveille; et si d'être
morose et taciturne prouve un grand
politique, c'est un grand politique que
Louis XIII. Et son cardinal? Celui-là n'est
pas sérieux, mais sévère. Il a une petite
physionomie, où, quand il veut, il fait
luire le soleil ou gronder la tempête. Je
ne suis pas timide, je pense: hé bien, il
m'a intimidé. Mes grands yeux effrontés
se sont troublés en rencontrant ses petits
yeux fins; sur mon honneur, il m'a fallu
baisser la paupière, comme si j'avais ren-
contré mon maître. Mon maître! Quel

sacrilége et quelle sottise! Buckingham en
connut-il jamais? celui qui asservit les
belles et les rois, redouterait-il un prêtre?
A propos des belles, Madame est charmante, et mon ami Stuart est trop heureux. Quinze à seize ans, des traits doux,
un rire de corail et de perles, un tour de
visage enfantin, et des yeux qui n'osent
s'arrêter. C'est une petite *Madona* des
peintres italiens. Il y aura du bonheur à
faire épanouir ce frais bouton de rose.
Tout doux, cependant; il ne faut pas
que je le voie de trop près, et tout bon-
homme que soit mon Charles, je doute
qu'il poussât l'amitié jusqu'à cette complaisance. Oh! rassurez-vous, Sire; Henriette n'est point encore reine. Est-ce que
mon ami Holant ne se rappelle pas de
mon pari? Est-ce qu'il n'existe point de par
le monde certain original de certain portrait? Est-ce qu'il n'est point urgent qu'un
amateur compare les copies aux origi-
naux? Ces peintres sont quelquefois si
menteurs! Et quel pinceau fut jamais vrai
à l'égard d'une femme et d'une reine! Je
n'ai point encore vu celle-ci: on la dit

malade, infirme même, et toujours en compagnie des hiboux de Fontainebleau. Cela est fort singulier! Tout le monde en parle et la loue ; mais en la louant, on ajoute un *mais*..... Qu'est-ce que cela veut dire ? Cela veut dire que le sire très chrétien est jaloux, et qu'il craint tant soit peu les maximes d'un hérétique. Il a tort ; si je vois, si je veux voir son auguste moitié, ce n'est pas dans l'intention de la pervertir. Loin de moi ce damnable projet. Au contraire, il est bon qu'il sache que je suis dégoûté de lutter ; et sérieusement je vois bien qu'hors de l'Eglise il n'y a pas de salut. Aussi vais-je tout tenter pour entrer dans la bonne voie. Demain, je suis présenté à Fontainebleau par madame de Chevreuse, qui continue à jouir ici d'un grand crédit. Dussiez-vous m'en vouloir, je ne saurais dire une grande considération: suit-elle toujours le mérite ? On aime la duchesse plus qu'on ne l'estime, et pourtant on l'estime assez pour la craindre : arrangez cela. La vérité est qu'elle intrigue contre les intrigans; qu'elle cabale contre les cabaleurs, et que son ambition tend sans cesse à barrer les ambitieux : vous sentez comme c'est abominable et scélérat!

Je ne me lasse pas d'écrire, mais vous vous ennuyez de me lire, car je ne parle que de moi. Que je ne vous quitte pas du moins, sans vous demander ce que vous faites à Amiens, qui vous y voyez, et si les charmes des dames picardes vous font oublier votre beauté lorraine? Cela serait perfide, car elle ne parle jamais de vous sans le plus vif intérêt.

Pour moi, si aux charges de l'ambassade il me fallait en ajouter les menus détails, je n'y suffirais ni ne pourrais y survivre. Le jour de l'entrée, combien de beaux yeux m'ont adressé leurs tendres doléances; le soir, combien de billetsil m'aurait fallu lire, si je n'avais dormi tout debout. Mon secrétaire dit qu'il en a eu pour la moitié de la nuit. Mais je ne suis pas venu pour un tel gibier; demain je chasse dans la forêt de Fontainebleau. Adieu, mon ami; plaignez Jenny, à qui je vous charge d'écrire ; plaignez-la d'avoir un amant si aimable.

~~~~~~~~~~~~~~~~~~~~~~~~~~~~~~~~~~~~~

LETTRE XIII.

De madame DE CHEVREUSE *à la Reine.*

Paris, 21 décembre 16**.

Où étiez-vous hier, ma bonne maîtresse ? il manquait à la fête la moitié de son ornement. Je dis la moitié, et vous allez savoir pourquoi. Malgré la neige de samedi, l'entrée a été superbe ; aussi il faisait le plus beau froid. Vous auriez ri, en voyant le nez rouge des duchesses, et la chair de poule aux gorges de qualité. Je ne vous dis rien des robes de brocard, des manteaux de velours, des écharpes d'hermine et des agrafes de diamans. En un mot, tout était beau, parfait; tout s'est passé avec dignité, pompe, majesté. Le Roi était d'un sérieux aussi glacé que le temps ; l'Eminence un peu plus austère que de coutume, et sa mauvaise humeur a redoublé à l'approche du héros. Le héros, vous entendez, est lord Buckingham ; le beau, l'aimable, l'incomparable mylord Georges, la fleur de l'Angleterre, la perle des trois royaumes, et l'autre moitié des ornemens de la fête. Il était triomphant : en just incarnat jaspé d'or, avec une forêt de plumes sur la tête, et toutes les pierreries de la couronne à ses boutonnières. Cent jeunes cavaliers, seigneurs, gentilshommes, écuyers, pages domestiques, lui composaient un train d'une magnificence inouie. Des figures d'Adonis, des tailles d'Apollon ; la jeunesse, l'adolescence, l'âge fait, tout est de choix : il n'y a pas là dedans un visage commun. Mais c'est le héros qu'il fallait voir ! Le héros ? le dieu ! Je ne sais à quoi le comparer, et je vous ai désiré mille fois pour savoir un héros castillan dont on pût lui donner le nom. Mais c'est lui, c'est Buckingham, c'est mylord Georges ; cela dit tout. Quand il a salué le Roi, on s'est tu d'admiration ; son sourire aux dames a fait partir les applaudissemens. Le Richelieu tout refrogné faisait une

vraie figure de contraste. Je crois que le
malicieux personnage a dépêché l'audience. Tout d'ailleurs s'est passé en sa-
lutations et en étiquettes. Un secrétaire à
voix de fausset a lu la missive de Charles
Stuart, roi *de France*, d'Angleterre,
d'Ecosse et d'Irlande, écrite *à son frère*
Louis de Bourbon, roi de France aussi,
et qui plus est, de Navarre. Madame,
bien tremblante, bien rouge, se remuait
sous son dais, comme si elle avait peur
que la royauté l'écrasât. Mylord s'est mis
à genoux devant elle ; elle a ôté son gant,
et lui a donné sa main à baiser. Deman-
dez-moi pourquoi vingt mouchoirs ont
été tirés dans ce moment ? Je crois même
que j'ai pleuré. La future petite reine
était gonflée, elle sanglotait et n'en pouvait plus. Le héros a parlé avec une aisance, une grâce, une correction toute
particulière ; il a la voix comme le regard ; tout cela va au cœur, et quand cela
y va ensemble, il est difficile d'en réchap-
per. Mais je suis folle et bien indiscrète.
Cela m'avertit de quitter mon adorable

souveraine, dont je baise aussi les belles mains.

~~~~~~~~~~~~~~~~~~~~~~~~~~~~~~~~~~~~~

LETTRE XIV.

De mylord duc de BUCKINGHAM *au lord d'*HOLANT.

Ce 27, à Fontainebleau.

Or sus, mon ami, quand je vous disais dernièrement que j'avais trouvé mon maître, avais-je tort? Vous voilà bien étonné! Le cardinal a donc raison; au moins il croit l'avoir. Mais je veux faire mentir le proverbe, et lui faire avouer que charbonnier n'est pas toujours maître chez lui. Oyez, s'il vous plaît, l'étonnante aventure. Je partais pour Fontainebleau dans une calèche fort galante, jaune et incarnat, qui sont les couleurs à l'espagnole. Un petit page me prend à la portière, et me remet un billet du cardinal, avec invitation de lire sur le champ et de répondre de même. Au diable le contre-temps! Le conseil me mandait. Je rentre, me botte, monte mon alezan, et arrive en cet équipage à la porte du conseil. Le maître sortait, qui me salua froidement, je ne trouvai que le valet, qui me reçut à bras ouverts. A bras ouverts, vous écriez-vous? Eh, oui! attendez-donc le dénouement. — M. le cardinal jugera si je suis exact? — Vous courez la poste, mylord? — Pour le service de Son Eminence, quand elle daignera l'ordonner. — Sérieusement, vous partiez? — J'aime mieux me montrer incivil qu'insouciant : me voilà. — Il y a, mylord, des langues bien scélérates. — Quoi, monsieur, la calomnie ose s'attaquer à vous? — C'est de Votre Excellence qu'il est question, mylord. — De moi, monsieur le cardinal? — De vous-même. Voici ce qu'on m'écrit. Alors il m'a lu le paragraphe d'une dépêche ou controuvée ou réelle, dans lequel était rapporté textuellement mon propos et mon pari sur la reine. A chaque demi-

phrase, le prélat jetait sur moi un regard oblique, et s'il croyait s'apercevoir
que je me déconcertais, il riait maligne-
ment. J'étais un peu embarrassé. Avouer
le propos était une insolence; nier le pari
eût été une lâcheté. Le ministre ne me
laissa pas le temps de réfléchir; et me
prenant par la main, il me dit affectueu-
sement : Je ne méprise point mylord
Georges, et surtout je ne le crois pas
insensé.

Mais, continua t-il, en changeant tout
à coup de visage et de ton, si jamais il
le devenait, nous avons ici de bons médecins pour guérir des fièvres chaudes.
Allez, mylord, ajouta-t-il en se radoucis-
sant, vous oubliez que vous courez la
poste. Croyez-moi, ne dirigez pas votre
cheval vers Fontainebleau, si vous voulez
la courir pour votre service. — Je me
voyais pris, j'étais furieux; mais me re-
mettant bientôt : M. le cardinal, lui dis-
je avec une aisance enjouée, je vous remercie de la consultation et de l'avis. Si
jamais je devenais fou, je ne conseillerais
à aucun médecin de tenter ma cure; car

les fous de mon caractère ne se connaissent plus, et il pourrait se faire que je les
payasse mal de leurs soins. Quant à la route
de Fontainebleau, telle raboteuse qu'elle
soit, je ne la redoute pas; mon alezan ne
bronche jamais. L'Eminence avait la riposte sur les lèvres; mais elle se les mor-
dit pour l'étouffer, et me salua gravement,
cachant son embarras sous la dignité.

Il était bien tard pour partir; il ne fallait pourtant pas avouer de défaite. Je me
jette dans la calèche, et pour que le ministre n'en ignorât, je fais toucher au
palais-cardinal. Sans descendre, j'envoie
un page lui demander ses commissions
pour Fontainebleau. Faites mes complimens à mylord, répondit-il, et dites-lui
que je le prie de ménager sa santé. C'est
afin de la mieux soigner que j'ai pris une
calèche, lui fis-je répliquer. Hé bien,
prudent et sentencieux breton, que dites-
vous de ces picoteries? Est-ce que je ne
vous parais pas bien Français?

Au prochain courrier, les détails de
l'entrevue que je n'ai obtenue que pour
aujourd'hui soir. Adieu; j'ai dans l'idée

que je ne serai pas aussi malheureux que
téméraire, et que le cardinal n'aura pas
prophétisé juste.

~~~~~~

LETTRE XV.

Du lord BUCKINGHAM *au lord d'*HOLANT.

28 Décembre, à Fontainebleau.

Oui, tous les peintres mentent, mais
tous ne flattent pas. J'ai vu la reine; et
son portrait, tout admirable qu'il soit,
ne me paraît plus que celui d'une mor-
telle. L'original est une divinité : non jamais on ne sut mieux tempérer la majesté
par les grâces, et relever le naturel par
la saillie. Quels yeux ! quel front ! mais
surtout quelles mains ! Je doute que du
ciseau de Praxitèle, il en soit sorti de
plus parfaites. Et je ne sais quelle langueur
tendre qui n'exclut point un doux enjouement, un esprit fin, aisé, délicat, peut-
être un peu tourné vers les idées héroï-

ques de sa nation ; une décence noble
sans sévérité, et tout ce qui enchante sans
prétention. Ah ! que j'ai rougi d'avoir osé
parler aussi étourdiment ! Que je m'en suis
voulu surtout d'avoir osé la rendre l'objet
d'un pari ! Ah ! que je crains d'être puni
de ma présomption !

Madame de Chevreuse m'a présenté ;
je suis entré, comme j'ai coutume, la tête
hante, le rire sur la bouche et l'air triomphant. Un regard de la souveraine a fait
fléchir tout tout cet appareil. Ma foi,
Holant, c'est la première fois ; mais aussi
il n'y a pas deux reines de France.

Au lieu d'un feu d'artifice que je comp-
tais servir, il a fallu me réduire à de petites lueurs honteuses et tremblotantes.
Pour parler sans figure, balbutier quand
je croyais briller, et de temps en temps
je me demandais tout bas si j'étais Buckingham.

Cette déconvenue était d'autant plus
perfide que j'étais en petit comité. C'était
le conseil privé et les petites entrées :
deux à trois vieux cordons bleus, un of-

ficier général et sept à huit femmes, que
madame de Chevreuse dit fort jolies, car
pour moi, je n'y ai pas regardé.

Celle qui causait mon embarras en a
pris pitié. Elle m'a parlé de la cour d'Angleterre, du roi, qu'on disait moins mon
maître que mon ami. Elle a fait entrer
madame de Chevreuse en tiers dans cette
conversation, et à cette occasion, elle
vous y a mis pour quelque chose. Tout
à coup, attachant sur moi un regard qui
a fait baisser les miens, elle m'a demandé
s'il était vrai que miss Jenny fût la plus
belle personne du monde? Madame, ai-je
répondu, je l'ai cru jusqu'aujourd'hui.

Votre amie a proposé de petits jeux.
Comme il n'était pas là question d'étiquette, on s'est livré à la bonne fortune
du moment. La reine était d'une humeur
charmante; il faut que cela soit rare, car
elle en a reçu des complimens universels.
Pour moi, gêné dans ce cercle de beautés, que je n'osais envisager, je me sentais
déplacé. Mon aisance, mes reparties, le
sens commun m'avaient abandonné. J'au-

rais voulu revenir chez moi pour rêver ;
maintenant que j'y suis, je soupire après
l'instant où je la reverrai.

Je contemple son image, je l'ai sous
les yeux en vous écrivant ; mais je ne l'y
trouve point. Il n'y a là ni âme, ni mouvement. La ressemblance est, dit-on, parfaite ; en est-il sans expression ? Et comment
saisir cette expression aussi mobile que
la pensée, où se fond, par un mélange
enchanteur, tout ce que l'esprit a d'ingénieux avec tout ce que le cœur a d'excellent ?

Aux nouvelles émotions du mien, je
comprends, ami, que je n'ai point encore
aimé. Vingt femmes me donnèrent des
desirs ; Jenny m'inspire des ardeurs ; mais
auprès d'Anne, mon cœur est agité, et
mes sens sont tranquilles.

Oh ! pourquoi est elle reine, ou que
ne suis je roi ? Mais il ne suffit pas d'une
couronne pour lui plaire ; il faut autre
chose pour s'en faire estimer.

Quel changement peu d'heures ont
commencé ! Et ce n'est que le gage d'un
changement plus grand encore. S'il cause

ton étonnement, juge du mien. Je m'in-
terroge, je me regarde, je me cherche
et ne me trouve plus.

C'est avec terreur que je vois s'avancer
le jour des fiançailles de Madame. Le
ministre en a rapproché l'époque, parce
qu'il redoute ma présence : Ah ! je ne suis
pas assez heureux pour être redoutable !
mais je ne m'en sens plus la prétention. Il
me semble que si j'étais aimé, je jouirais
de mon bonheur dans le recueillement
et le silence. La délicatesse et la discrétion, je le vois bien, accompagnent le
véritable amour.

LETTRE XVI.

De la Reine à la Duchesse.

30 décembre.

Pourquoi me fuir et quitter Fontainebleau, quand j'ai tant besoin de vous, ma
tendre amie ? La soirée d'avant hier m'a-
vait paru si courte ! J'ai cru ne pas voir

le terme du lendemain. Au sortir d'un cercle charmant, je me suis trouvée dans un désert. Et pas un visage qui sourie d'accord avec moi. En vérité, j'en veux bien à M. de Chevreuse, qui ne peut faire un pas sans vous consulter. Mais c'est plutôt à vous qu'il faut que je m'en prenne d'être si aimable et si bonne conseillère. Oh! je veux dans peu mettre votre prudence à l'essai.

Il est donc décidé que les fiançailles de Madame se feront la veille des Rois. Le maître est expéditif contre sa coutume, et je vois là-dessous le doigt du cardinal. On a aussi décidé apparemment que je me porterais mieux, ou plutôt que je me porterais bien; car, à moins de donner le premier rôle à Henriette, déjà trop fatiguée du sien, je ne vois pas comment l'on pourra s'en tirer. Si le rang était le prix des grâces et de la beauté, ma charmante duchesse ne trouverait point de rivales. Mais il s'agit du pouvoir, et ce n'est pas la plus aimable qui est reine.

Puisque me voilà pour cinq jours sans vous voir, au moins dédommagez-moi

en m'écrivant. Toutes ces cérémonies
passées, toutes ces fêtes futures ne mettent-
elles pas en l'air bien des têtes. Y a-t-il des
projets parmi les jeunes, des regrets parmi
les vieilles, et de la jalousie dans celles
de l'autre sexe? Pour vous, que la raison
a captivée, il n'y a chez vous, il ne peut
y avoir ni regrets, ni désirs; et votre
sort est digne d'envie. Que n'en puis-je
dire autant pour ce qui me regarde! Mais
on fait tout pour me déplaire, on n'épargne
rien pour se faire détester, et pourtant
l'on me défend d'avoir des yeux! Bon
soir, Chevreuse; j'en dirais peut-être plus
qu'il ne faut.

LETTRE XVII.

Réponse.

Un mot de grâce, un seul mot. Achevez
votre phrase, et rien de plus. Vous ne
me parlez pas de *lui?* Penseriez-vous à
lui? Voudriez-vous que ce fût *lui?* Qui,

quoi, comment? Ah! devinez; si je ne suis pas une sotte, cela vous sera facile; sinon, il est inutile de vous montrer mon extravagance. Depuis que j'ai reçu votre lettre, j'en ai relu la dernière période deux mille fois; et celles qui précèdent ne peuvent s'accorder qu'avec mon idée. De quelles cérémonies parlez-vous? De quelles fêtes futures qui feraient faire des projets aux jeunesses, qui donneraient des douleurs aux vieillesses, qui allumeraient des jalousies? Est-ce Chalais, Gondy, Montmorency, Monsieur, mon mari? Non. Il y a là dedans du bon, mais connu; le neuf seul fait de telles sensations. C'est donc *lui*. Oh! si cela est, la belle neuvaine à Notre Dame de Bon Secours, et le beau cierge à Saint Antoine de Pade! Je ne ris point; mais c'est que si cela est, le cardinal saute. Affaire de cœur, tant que vous voudrez, j'en fais moi une affaire d'état. Expliquez-vous donc, ou si vous tremblez d'être véridique, ne dites mot. Je prends ce silence pour un aveu, et cours présenter mes hommages à l'Eminence. Recevez d'avance mes féli-

citations, mes complimens, mes remercie-
mens ; j'aime à croire que vous les méritez. Sinon, renvoyez-moi cet impertinent
griffonnage, et que j'aille expier aux Béné-
dictines monsouhait téméraire et ma sotte
crédulité.

~~~~~~

LETTRE XVIII.

De la Reine à la Duchesse.

4 janvier, 16**.

Imprudente ! qu'osez vous soupçonner ?
Si vous me respectez assez peu pour faire
des rêveries de votre ambition la règle
de ma conduite, sachez que je me respecte trop pour concevoir un penchant
désavoué par ma raison. Vous abusez
étrangement de la familiarité que je vous
ai soufferte ; et je commence à me repentir de mes bontés. Si je n'avais
pour le rang que j'occupe, les égards
que vous craindriez de montrer pour
ma personne, le roi serait dès demain

informé de votre incartade ; je lui mettrais cette lettre sous les yeux. Mais, quoique vous offensiez votre reine, je n'oublie point que je dois ménager mon amie.

Une phrase équivoque, quelques mots ambigus ont donc suffi pour monter ainsi votre imagination ! Et parce je n'ai pas nommé M. de Buckingham, vous en concluez que je suis sensible à son mérite, auquel je pense d'autant plus, que j'en parle moins ? Il serait aussi vraisemblable que je songeasse de même à tous ceux dont je n'ai point parlé ; et je crois n'avoir nommé personne. Voyez où conduirait votre conjecture ! Je ne nie point que M. de Buckingham ne soit digne de quelque attention : vous-même m'en avez fait un portrait si séduisant, que quand je l'eusse trouvé à mon gré, il serait injuste de m'en faire un crime, et vous seule, je pense, en seriez responsable. Mais encore une fois, je ne prends point mon cœur pour guide, et mon jugement ne me laisse pas oublier que je suis épouse et reine.

On dit cet ambassadeur anglais fort présomptueux. Si, sur les promesses de votre ambition, ou sur les avis de sa vanité, il avait conçu quelque espérance, qu'il se désabuse. Je suis d'une maison et dans un rang qui voient à leurs pieds bien des mortels! Mais pourquoi lui supposer d'offensantes chimères? S'il y a quelqu'un de coupable en tout ceci, certes ce n'est pas lui.

Mûrissez donc un peu vos idées avant de les expliquer, et ne prenez pas sur tout les besoins de votre haine pour ceux de mon cœur. Que m'importe à moi que vous soyez l'ennemie du cardinal? Si ce ministre a des torts envers vous, n'en eut-il aucun avec moi? Je les dédaigne cependant, et ne vois que mon devoir. Faites de même, et ne troublez plus mon repos par des projets que je ne puis souffrir, et par des propos que je ne dois pas entendre. En agissant de la sorte, vous pouvez compter encore sur ma protection et sur mon attachement.

LETTRE XIX

(incluse dans la suivante.)

Du duc de BUCKINGHAM, *à madame de* CHEVREUSE.

7 janvier, à Paris.

Vous me demandiez la cause de mon chagrin? Ah! je rentre chez moi, la mort dans l'âme! Avez-vous vu comme elle m'a traité! Quelle hauteur, quelle fierté, quel dédain! Et Buckingham l'a souffert! Mais peut-elle avilir, et croit-elle offenser? Comme une divinité, que lui font ou les vœux ou les injures des mortels? Est-ce là pourtant ce que vous m'aviez promis? De quelle espérance, femme artificieuse, m'as-tu bercé! Et pourquoi? pour me surprendre mon secret, et par lui balancer le cardinal! Je suis donc bien misérable à vos yeux? Moi, trahir mon maître, mon ami, l'état, pour une femme! Il en est tant!... Ah! profane, en est-il plusieurs, en est-il deux comme elle? Mais que lui ai-je fait? Pourquoi tant d'affabilité le premier jour, et de réserve aujourd'hui? Voulait-elle m'enivrer d'abord, pour ensuite jouir de ma défaite? Ne serait-elle donc qu'une coquette insensible? Non, ce serait un crime de le penser. Mais que signifie sa conduite? Je m'y perds, et suis au désespoir. Comme je l'aurais aimée! Avec quelle pureté ma flamme eût brûlé pour elle en silence! Ah! jamais je ne l'aurais compromise! Heureux de remplir le vide de son cœur, je n'aurais pris de ma félicité d'autre confident qu'elle-même. L'amour propre a besoin du bruit des applaudissemens; mais l'amour vrai se nourrit de sa propre substance et se recueille dans ses triomphes; et elle me rejette! Que je vais la haïr! Non, il la faut oublier. Il faut revenir à des nœuds mieux assortis. La femme d'Angleterre la plus belle et la plus tendre, m'appelle, s'inquiète de mon absence, redoute ma légèreté; et j'abandonnerais celle qui me chérit pour celle qui me méprise !... Allons , terminons ces fêtes fatales, et revolons sur des rives plus fortunées oublier un moment d'erreur.

~~~~~~

LETTRE XX.

De la Duchesse à la Reine.

8 janvier.

Rassurez-vous, madame, je n'étais qu'une sotte, et l'on vous respecte trop pour vous aimer. Je transmets à Votre Majesté la lettre que M. de Buckingham vient de m'écrire; elle y connaîtra ses vrais sentimens. Je n'ai plus qu'à vous féliciter de les partager, et à vous supplier de n'attribuer qu'à un zèle plus ardent qu'éclairé l'extravagante pensée que j'avais osé concevoir.

~~~~~~

LETTRE XXI.

Réponse.

8 janvier.

Je ne vous en veux pas, ma chère duchesse, et suis toujours votre meilleure amie. La lettre que je viens de lire me fait un vrai plaisir; je suis charmée de connaître mylord et de l'avoir bien jugé. Venez sur-le-champ : si vous n'avez rien à me dire, j'ai, moi, beaucoup à causer avec vous. Je vous attends en toute affection.

~~~~~~

LETTRE XXII.

Du signor Giulo MAZARINI, *au cardinal de* RICHELIEU.

Amiens, ce 10 mai, 16**.

Aux grands événemens, comme aux petites intrigues; aux révolutions des états, comme aux démêlés des familles; aux places d'un général, comme aux séductions d'un favori, Votre Eminence a coutume d'opposer son irréplicable *moi*, qui, semblable à celui de Médée, énerve tous les charmes, dissout toutes les difficultés. Plus circonspect, parce que je me sens fort, je n'ose cheminer qu'avec lenteur, précédé par une connaissance exacte du terrain. *Le temps et moi:* c'est ma devise. Le temps! son sablier me paraît l'urne du destin; de lui s'écoulent les événemens, dont l'observateur tient note; et les exemples du passé deviennent des leçons pour l'avenir.

De ce sablier magique, il vient, Monseigneur, de sortir un fait qui vaut mieux que les conjectures et les réflexions. Selon l'ordre que m'en avait intimé Votre Eminence, c'était moins pour faire à la nouvelle reine les honneurs de la cour de Rome que je m'étais rendu à Amiens, qu'afin de surveiller l'ancienne. Il serait au dessous de la sublimité de vos conceptions habituelles que je vous rendisse compte des moyens employés pour arriver à un résultat. Quoiqu'à la hauteur où ses talens l'ont placée, Votre Eminence ait pu les perdre de vue ; à leurs produits, au moins, si peu qu'elle daigne se ressouvenir, elle en reconnaîtra facilement la source.

Une partie du cortége de Henriette arriva ici le six au soir. Lord Holant, resté à Amiens, durant les quatre mois que M. de Buckingham a passés à Paris, et qui vous ont paru si longs ; lord Holant avait tout disposé pour que la réception de sa nouvelle souveraine fût magnifique. Je vous fais grâce des détails, pour arriver au seul fait qui nous attache.

Je reçus le sept, dans la matinée, la visite du *Père de Bérule*, que l'on a donné pour confesseur à Henriette. En parlant de la reine Anne, il me témoigna combien l'intelligence qui régnait entre cette princesse et l'ambassadeur fesait de plaisir aux vrais catholiques, qui y voyaient le présage de leur protection future à la cour d'Angleterre. Cette remarque du respectable oratorien prouve plus en faveur de sa piété que de sa politique.

En effet, malgré le dédain réel ou feint de la reine, il y a long-temps que vous et moi avons acquis la preuve de cette intelligence; mais il ne suffisait pas que nous l'eussions obtenue, il fallait la faire connaître au monarque. J'espère que l'aventure d'aujourd'hui ne laissera à cet égard rien de problématique.

Anne, descendue au gouvernement, est logée dans un pavillon, dont la chambre à coucher ouvre sur un parterre isolé; au fond de ce parterre est un berceau de lilas rose et blanc. Il paraît que c'était sous cet ombrage, à la chute du jour, que la nouvelle Diane avait assigné rendez-vous à son Endymion.

Il y est arrivé le premier, s'est promené quelques instans, s'est assis sur un banc de verdure, où il a rêvé, la tête appuyée sur sa main, s'est levé; et comme les derniers rayons du crépuscule jetaient encore quelques lueurs, il en a profité pour tracer quelques mots, ou quelque chiffre sur l'écorce d'un arbuste voisin.

La reine est arrivée. A la suite d'une conversation tendre, animée et surtout confidentielle, où les deux amans ont récapitulé leurs intrigues, Anne a pris un air presque tragique, et de ce ton imposant que vous lui connaissez, elle a dit au duc : oui, mon ami, je vous aime et ne veux point m'en taire ; je vous aime et me plais à le répéter. C'est même peu ; je tiens à mon amour plus qu'à la vie, et presqu'autant qu'à l'honneur. Mais gardez-vous de conclure de cet aveu, que je soie capable d'une faiblesse. J'ai long-temps caché sous le voile de l'indifférence et même de la fierté le penchant que j'é-prouvais pour vous. Qui fit un tel effort peut regarder l'autre comme peu. Buc-kingham s'était mis à ses pieds : Levez vous, a-t-elle continué, cette posture ne con-vient qu'aux amans heureux ou désespérés. Je suis trop honnête pour vous mettre au nombre des premiers, et vous êtes trop raisonnable pour vous placer parmi les autres. Puis après quelques instans de si-lence : Voici, a-t-elle repris, l'instant du sacrifice ; soyez assez grand pour ne pas

attendre une leçon de moi. Il faut nous
séparer. Nous séparer, peut être pour ne
plus nous revoir. Assez fragile pour céder
à un sentiment coupable, je ne suis pas
assez hardie pour en contempler l'objet
sous les yeux de mon mari. Ne me ré-
pliquez pas ; ne nous attendrissons point :
montrons nous dignes l'un de l'autre, en
restant dignes de notre mutuelle estime.
À ces mots, la princesse s'est levée ; elle
est sortie du berceau, a mis la main sur
ses yeux, et a marché lentement vers le
pavillon. Buckingham, la pâleur sur le
front, les yeux en pleurs, l'a suivie, l'a
saisie assez brusquement par la main, et
la contraignant à s'arrêter, il lui a dit
d'une voix altérée : vous aimez avec trop
de courage pour aimer avec sincérité ;
vous m'avez trompé ! La reine alors a
paru laisser tomber sur lui un regard de
compassion, d'amour et de regrets ; je
dis a paru, car il fesait presque nuit, et
la clarté de la lune qui commençait à se
montrer ne permettait pas qu'on vît dis-
tinctement les détails de cette pantomime.
Puis avec un accent étouffé : Quand une

femme, a-t-il dit, quand une reine hasarde de semblables démarches et risque de tels aveux, lui dire qu'elle ne l'aime point ce n'est pas se montrer ingrat, c'est se déclarer insensé. Les insensés ne méritent que la pitié ; mais celui qui le devient par amour est digne d'une autre récompense. Viens, ajouta-t-elle en sanglotant, dispose aussi de la personne, puisque tu as disposé du cœur. Tu n'as pas su jouir de cette délicatesse dont tu m'avais tant vanté les charmes ; viens jouir de ma honte. Je m'abandonne à toi. Anne s'est évanouie, elle est tombée aux pieds de Buckingham, qui l'a enlevée et transportée dans le pavillon. Là, finit le rôle de l'observateur, qui pourtant n'a pas cessé de faire sentinelle. Le balcon s'est refermé ; personne n'a troublé la solitude de ce lieu, et il était près de six heures, quand mylord s'est retiré. Voyez, Monseigneur, à tirer parti de cette scène du *Pastor Fido*.

LETTRE XXIII.

Du baron des ANGLECOURTS, *à la baronne de* LOUVIGNY.

Ce 27 décembre 16** (à Joigny-sur-Yonne.).

En conséquence de la lettre de madame de Chevreuse, j'étais rendu à Paris le 24. Le 25, les douleurs qui avaient commencé à se manifester dans la nuit ont pris un caractère sérieux. On m'a logé dans un arrière cabinet, où j'ai trouvé, pour toute dissipation, un volume de l'Histoire de France de Mézeray. Je me suis mis à réfléchir au rang qu'y tiendrait l'événement du jour, lequel y aura sa place; car tout se sait. Madame de Chevreuse venait me visiter chaque dix ou douze minutes. Vers deux heures, elle m'a apporté deux biscuits avec une caraffe de vin, n'ayant rien osé demander aux offices. Le soir, elle est rentrée fort effrayée, et m'a appris

*5

que la reine était accouchée d'une fille.
Comme un enfant de ce sexe ne tire point
à conséquence pour le cas actuel, on l'a
remis à la sage femme, qui n'a pas vu le
visage de l'accouchée, couvert d'un masque, et qui avait été conduite dans une
voiture fermée, et les yeux bandés. Un
hasard bien heureux retient toujours à
Lyon le roi convalescent de sa campagne
d'Italie. Notre pauvre maîtresse a pré-
tendu que la naissance de sa fille n'était
que la moitié de la besogne. En conséquence, pour lui complaire, j'ai couché
sur deux matelas, dans l'arrière cabinet.
Effectivement, elle s'est réveillée avec les
douleurs. En une heure et demie, elle a
été libérée ; et madame de Chevreuse
m'a apporté l'enfant, qui, pour cette fois,
est un beau garçon. Je l'ai enveloppé
dans mon manteau ; je suis descendu par
l'escalier des cabinets secrets, et me suis
échappé par la petite cour. Ma chaise
m'attendait sous le mur, j'y suis monté,
et me voilà. Au surplus, ce n'a pas été
sans peine. Le marmot nous a tracassé,
et sans Germain, qui lui a constamment

exprimé sur les lèvres une éponge imbi-
bée de lait, je ne sais comment je m'en
serais tiré; ainsi, voilà sa première nour-
rice. Prévenez en, faites préparer l'autre,
notre bonne Jobin. Je suis curieux de
voir comment Onézyme recevra le nouveau venu. Pour vous, ma sœur, vous
n'avez pas oublié le rôle que vous avez à
jouer. Partez pour Paris, aussitôt après
m'avoir embrassé; et rappelez-vous qu'il
ne s'agit pas seulement de servir notre
maîtresse, mais de lui sauver l'honneur
et la vie.

Fin des Lettres.

〰〰〰〰〰

— Le style de ces mémoires, nuancé ou
plutôt bigarré par tant de couleurs diverses, va changer encore. Commencés
avec quelque méthode, ils ont été quittés
cent fois et cent fois repris. J'en transmets
les feuillets successifs à ceux pour qui je
les trace, et ils les reçoivent encore hu-
mides de mes larmes. Des infirmités,
suites inévitables et funestes de mes revers, ne me permettaient plus de donner

à ce qui me reste à écrire les mêmes dé-
veloppemens. On y trouvera toutefois
mes sentimens et mon cœur. Il ne me
restait d'autre consolation que de les
épancher dans le journal presque quoti-
dien de ma détention. Si mes persécuteurs avaient pu me le ravir, je priverais
des détails qu'il comporte, ceux qui les sol-
licitent ; car ma mémoire minutieusement
fidèle pour les objets lointains, reproduit
moins aisément ceux d'une époque plus
rapprochée. C'est que mon âme meurtrie
ne conçoit que la souffrance, et que mes
organes affaiblis n'exhalent que la douleur.

⁓⁓⁓⁓⁓

JOURNAL DE MA DÉTENTION.

15 *octobre* 16**. Il y a aujourd'hui quatre
mois que je suis exilé de l'univers et con-
finé dans ce désert sauvage. J'y ai pour
unique compagnie le gouverneur du château. Son nom, que je sais depuis quelques jours, est *Saint-Mars* ; son état est
le militaire ; son grade, capitaine com-
mandant, à ce que je présume. Quoique

d'un naturel réservé, il n'est pas défiant,
et quoique ministre du gouvernement qui
me persécute, il est sensible. Je lui parle
souvent d'Onézyme et de mon père; mais
si je garde sur ces deux objets si chers
un silence qu'il trouve trop long, c'est
lui qui le rompt le premier. Il n'en est pas
de même sur la reine, ses ministres, ou
le jeune roi. Voilà plusieurs tentatives que
je fais pour amener la conversation sur
eux : impossible. Au moment même où
dernièrement j'articulais le nom d'un de
ces personnages, M. de Saint-Mars a posé
le doigt en travers sur les lèvres, et s'est
éloigné. Hier soir, il me disait : Parlez
bas, même quand vous parlez seul. Ces
canons ont une voix et ces murs ont des
oreilles.

19. Ce matin, M. de Saint-Mars m'a
consigné dans ma chambre. En poussant
les verroux, il m'a fait, à travers le guichet,
des civilités et des excuses; il avait un air
préoccupé.

20. Pas de changement à la consigne
d'hier. Je me suis mis à lire l'*Imitation de
Jésus-Christ*; c'est un ouvrage divin, dont

je conseille la lecture aux affligés. Ils y trouveront une source de consolations.

21. Le gouverneur est venu me mettre en *liberté*, c'est à dire me faire sortir d'un coin de ma cage pour me permettre la cage entière. J'ai remarqué avec surprise que le geôlier et le porte-clef avaient été changés.

Nuit du 21 au 22. Je viens d'être réveillé par un grand bruit que j'ai cru entendre dans le tuyau de ma cheminée. Sur le champ le souvenir de Didier m'a frappé, et je me suis retracé l'enlèvement d'Onézyme. Oh! si elle était avec moi! Seulement si Didier!..... Mais le bruit redouble et semble un avertissement. Mon cœur bat à coups redoublés. Portons avec précaution ma lampe jusque sous le manteau. Dieux! un paquet cacheté!..... Le cachet du baron! L'écriture d'Onézyme!.... Je me meurs!.....

22. Les évanouissemens causés par le plaisir ne sont pas dangereux. Le mien a peu duré. J'en suis sorti dans un état de calme délicieux, qui m'a donné l'idée des béatitudes célestes. Je tenais dans mes

mains, je posais sur mon cœur, je pres-
sais sur mes lèvres cette lettre précieuse,
qui a traversé les villes, les royaumes, les
déserts, qui a trompé la haine des tyrans
et bravé la vigilance de leurs satellites,
pour apporter à un pauvre prisonnier la
vie et le bonheur. Des larmes de joie ont
coulé de mes yeux creusés d'en verser de
tristesse. J'ai voulu lire : ô angoisse inex-
primable! un tourbillon de vent descendu
de la cheminée avait éteint ma lampe ! Il
m'a fallu attendre jusqu'au jour, interro-
geant sans cesse de mes doigts contractés
cette frêle enveloppe, sous laquelle peut-
être reposent mes destins.

Qu'ai-je lu! Mon épouse au couvent!
Le baron ouvertement déclaré contre la
régente! Et Didier près de moi! Quelle
nouvelle source de surprise, de réflexions,
et peut-être de malheurs! « Un faux avis
» communiqué il y a deux jours au gou-
» verneur, et qui compromet vos gar-
» diens, le forcera à les renvoyer. Leurs
» remplaçans sont prêts : Didier est l'un
» d'eux. Dans le jour, pas un mot de sa
» part; pas un geste de la vôtre. Chaque

» nuit, s'il le faut, un nouveau message
» Suivez-en les instructions en aveugle et
» ponctuellement. »

Le gouverneur sort, et m'a parlé : Je
viens, sans le vouloir, de vous préparer
de nouvelles peines, ou plutôt d'assurer
la prolongation de celles-ci; mais mon
devoir avant tout. Vos geôliers s'enten-
daient pour me tromper et pour vous
servir. Cette nuit même, le porte-clef devait vous proposer de vous élargir. Dans
votre position, on refuse difficilement une
offre semblable. Mais j'ai été averti par
une dépêche ministérielle. Il paraît que
M. des Anglecourts remue ciel et terre
en votre faveur; cela est naturel. A sa
place, j'en ferais autant. Mais je suis sur
la défensive, il ne le trouvera pas mau-
vais; à ma place, il ferait de même. —
M. de Saint-Mars m'a ensuite appris que
le guichetier et le porte-clef étaient étrangers, ce qui les dépayse un peu. Quant
au dernier, il est sourd-muet. Ce sourd-
muet, c'est Didier.

La soirée était superbe, il y avait au
ciel des reflets d'une richesse extraordi-

naire : on eût dit des fleuves d'émeraudes
sablés d'or, dont les bords seraient plan-
tés de grands arbres de nacre et de corail. Ces beaux aspects s'accordant avec
l'alégresse de mon cœur, je me suis promené long-temps sur la plate-forme du
bastion intérieur. Delà on découvre une
immense et longue vallée terminée par la
frontière du Piémont. J'ai voulu monter
sur la seconde banquette. Plus prompt
que l'éclair, le porte-clef, qui suivait sans
que je m'en fusse aperçu, s'est élancé sur
moi ; et d'un vrai poignet de crochéteur,
il m'a secoué et serré à la gorge, en mur-
murant quelques sons inarticulés. Aux
larmes qui roulaient dans ses yeux, j'ai
reconnu Didier, et par un mouvement
involontaire, j'ai voulu l'embrasser. Le
gouverneur approchait ; mon fidèle domestique a redoublé ses rebuffades et m'a
entraîné au pied de la plate-forme. Presque terrassé par lui : Fort bien, lui ai-je
dit à demi-voix, mais tu te déguises trop.
M. de Saint-Mars n'a pu s'empêcher de
rire en voyant ce débat.

A la première page du volume de

l'*Imitation de Jésus-Christ*, demeuré ouvert sur la table, j'ai lu ce verset écrit par une main inconnue : « Au jour de ta » détresse, invoque le Seigneur, et il » t'exaucera. » Je me suis couché en l'implorant pour la liberté d'Onézyme, pour les succès de mon père, pour notre prochaine réunion. Mais j'ai peu dormi, inquiet sur la visite, ou au moins les nouvelles nocturnes qui m'étaient promises. Je n'en ai pas reçu.

1er *novembre*. Une semaine sans le le moindre coup-d'œil de jour, sans le plus léger avertissement de nuit. Didier, que je remarque toujours sur mes pas, n'arrête jamais ses regards sur moi, même en l'absence du gouverneur. Me serais-je abusé sur la fidélité de ce serviteur? Qu'ai-je dit? Ah! combien le malheur rend défiant et injuste!

2. On me sert des œufs frais pour déjeuner; car quoique sous un ciel de glace, le gouverneur a le secret de faire pondre ses poules. Dans un de ces œufs, je trouve un petit billet roulé : « Pardonnez, mon » cher maître, aux duretés que j'affecte;

» c'est pour mieux vous servir. Je suis
» surveillé par mon camarade, vendu à
» vos ennemis. C'est pourquoi je ne puis
» risquer les visites de nuit. Mais quand
» il y aura des nouvelles, vous les lirez
» sur le parapet du bastion intérieur.
» Comptez sur moi à la mort. » Sur le
parapet du bastion! Par quel moyen? Je
m'y perds.

3. Aujourd'hui, je me suis hâté de
porter mes pas vers le bastion. Tandis
que j'y allais, le vent a soufflé à mes pieds
un lambeau de papier, que j'ai ramassé
sur un coup-d'œil de Didier, le premier
qu'il se soit encore permis. Au crayon
étaient tracés ces mots : « Il y a des nou-
» velles, mais pas de neige; on ne peut
» s'expliquer. A demain. « Cette phrase
n'a aucun sens pour moi.

4. J'hésitais ce matin d'aller sur la
plate-forme. Didier, passant près de moi,
et me heurtant en feignant de ne pas me
voir, a dit très bas et très vite : « Il a
» neigé; allez au bastion! » Je m'y suis
rendu. Sur une couche légère, on avait
tracé en lettres de dix pouces de hauteur:

« L'armée de Savoie est sous le canon de... »
J'avais à peine assemblé ces mots, que le
pied de Didier, qui me suivait, les avait
effacés. Le gouverneur était sur ses pas.
Il lui montrait, d'un air indigné, les débris de l'inscription, que M. de Saint-
Mars cherchait péniblement à deviner. Je
lui ai dit d'un ton de mauvaise-humeur :
ce sourd-muet est d'une surveillance fati-
gante ; ne puis-je tracer des noms qui me
sont chers, sans qu'il y trouve un crime?
et je me suis éloigné. Le gouverneur a dit
à part soi, en le regardant : voilà l'homme
qu'il me faut.

5. J'ai rêvé toute la nuit au sens de
l'inscription suspendue si à contre-temps.
Sous le canon de quelle place pouvait être
avancée l'armée de Savoie, et que m'im-
portait? Mais si cela m'eût peu intéressé,
pourquoi Didier eût-il mis tant d'importance à m'en instruire? Pour avoir cette
solution, il faut aller à la plate-forme ;
malheureusement il n'a pas neigé.

6. L'autre guichetier m'a fait un signe,
en m'indiquant du doigt le mufle de la
fontaine, qui est à sec depuis le redou-

blement du froid; j'y ai trouvé un billet que voici : « Ayez courage, infortuné
» jeune homme, et prenez patience : on
» s'intéresse vivement à vous. A votre âge,
» et dans la cruelle position, où vous ré-
» duit la méchanceté de vos ennemis,
» il n'est pas que vous n'eussiez des desirs
» et des projets. Si la personne qui trace
» ce billet vous inspire quelque con-
» fiance, faites lui en part; elle s'empres-
» sera de vous seconder. Votre réponse,
» où vous avez trouvé ce papier. »

Il me jeta dans une pénible alternative. Le malheureux ouvre si aisément son âme à l'espérance d'un mieux, que j'éprouvais une forte tentation de manifester mes sentimens. D'autre part, l'avertissement de Didier me glaçait de crainte. Si par une confiance hasardée, j'allais commettre le sort d'Onézyme, celui du Baron, le mien !.... Sans me livrer en aveugle, j'ai cru pouvoir éprouver les facultés et l'intention du donneur d'avis :

» On accepte vos offres avec recon-
» naissance, ai-je répondu, et l'on veut
» sur-le-champ les mettre à l'essai. Ci-

» joint une lettre que l'intérêt, autant
» que la pitié vous engage à remettre
» à son adresse. En en transmettant la
» réponse dans quinze jours, il y a dix
» louis pour vous. »

7. Plusieurs pelotes de neige, descen-
dues par le tuyau de ma cheminée, ont
presque éteint mon feu. Les premières
m'ont peu surpris. Enfin j'ai réfléchi, et
n'attendant pas qu'elles fussent toutes fon-
dues, j'en ai brisé une, qui renfermait un
billet, dans lequel Didier avait écrit :
« Défiez-vous des gestes et des invitations
» de mon camarade; encore une fois,
» c'est un fourbe. — L'armée de Savoie,
» dont la gauche est commandée par
» M. de Beaufort, marche contre la place.
» Celle des mécontens se forme sous les
» murs de Bordeaux; toutes deux ont
» votre prison pour rendez-vous. »

8 au 15. Rien de nouveau. Des projets
dans ma tête, des espérances dans mon
cœur : peut-être, hélas! rien de réel!

16. La neige tombée abondamment
cette nuit me faisait augurer que, s'il
y avait quelques nouvelles, je les lirais

facilement sur la plate-forme du bastion.
Je m'y suis transporté ; il n'y avait rien.
Mais à ma grande surprise et à mon in-
dicible ravissement, j'ai entrevu des fumées lointaines, et à ce qu'il m'a paru,
quelques flammes. Serait-ce M. de Beaufort ? Le guichetier est venu me faire
retirer.

17. Le gouverneur, après un préam-
bule qui m'a paru l'embarrasser, m'a signifié les arrêts dans ma chambre, sous
prétexte de réparations à effectuer dans
le château. Didier qui l'accompagnait,
en se tenant à quelques pas derrière lui,
m'a montré une noix. Jusqu'alors, je n'ai
pas compris cette nouvelle indication.

18. Je ne crois pas m'être trompé en
conjecturant que les approches de l'armée ont commandé au gouverneur ce
redoublement de surveillance. Toute cette
nuit, j'ai entendu des bruits extraordi-
naires et souterrains. A quoi les attribuer ?
Je donnerais dix ans de ma vie, pour me
promener un quart d'heure sur le bastion.

19 *au* 23. Un calme effrayant durant

le jour, des tumultes sourds pendant la
nuit : voilà comment vient de s'écouler
ce temps.

24. Des noix ont paru au dessert de
mon dîner ; je me suis rappelé celle de
Didier. Après en avoir cassé neuf sans
succès, j'ai trouvé dans la dixième, vi-
dée de son amande, un ruban de parche-
min dont j'ai dévoré le contenu : « Le
» gouverneur est dans la désolation, la
» garnison qui devait être augmentée
» d'un bataillon entier, ne l'a été que de
» cent cinquante hommes. Cependant
» l'armée Savoyarde est à deux portées
» de canon. Si j'avais à ma disposition
» vingt-cinq louis, je corromprais les
» sentinelles et ménagerais votre évasion.
» Car, s'il faut s'en rapporter au siége,
» cela peut être long. Le château du côté
» de la vallée est bâti à pic, et presque
» inattaquable. Le gouverneur a d'ail-
» leurs l'ordre de faire jouer les mines,
» et on les charge chaque nuit. » Si j'avais
vingt-cinq louis, je ménagerais votre évasion !... Je ne les ai pas monnoyés ; car, à
mon arrivée, le gouverneur a exigé que

je lui remisse ma bourse. Mais je possède quelques bijoux, des diamans... Une idée lumineuse me frappe. Je vais démonter les diamans dont se compose l'entourage de mes chers portraits... Pardonnez, images cruelles et pourtant révérées; vos traits enchanteurs doivent assez à la nature, sans avoir besoin des ornemens de l'art. Chaque brillant sorti de son alvéole va se nicher dans les coquilles des noix que j'ai ouvertes et vidées; je les maintiens avec de la cire, et quand mes deux gardiens viennent, selon leur coutume, me desservir, je les partage entr'eux, en observant de donner à Didier celles que j'ai remarquées. Cela fait, je deviens un peu plus tranquille; et nonobstant les mouvemens qui se continuent, je dors d'un profond sommeil, presque paisible.

25. Pas le plus léger changement dans ma position. Je me suis amusé à écrire quelques pensées morales sur la singularité de ma destinée. Généralisées, elles sont applicables à tous les malheureux; mais il serait difficile de les particulariser pour

d'autres que pour moi. Je me crois dans une situation unique.

26. Ce matin j'ai été réveillé par quelques coups de canon éloignés. Le gouverneur vient de sortir de chez moi ; il avait toujours cet air préoccupé qui ne le quitte plus. Deux volées d'artillerie très rapprochées ont retenti à nos oreilles et l'ont fait tressaillir. Qu'est-ce que cela, me suis-je écrié avec étonnement ? Je n'ai rien entendu, a répondu M. de Saint-Mars, et il m'a quitté.

27. Les canonnades se sont répétées de quart d'heure en quart d'heure presque toute la nuit, et toutes à des distances variées. Je ne crois pas que la place ait riposté, et me doute qu'elle est flanquée de quelque redoute du côté de la vallée. C'est là sans doute que se sera engagée l'affaire.

28. Une détonation effroyable paraît l'avoir terminée. Durant toute la nuit dernière et tout ce jour, je n'ai rien entendu ; ce qui toutefois ne diminue pas mes inquiétudes ; je n'ai pas de nouvelles de Didier.

29. Même silence de sa part, même anxiétés de la mienne.

30. Enfin, ce matin, une grosse boule de neige, tombée comme une bombe au centre de mon foyer, m'a apporté ces heureuses annonces.

« La redoute qui défendait le château
» a été emportée par M. de Beaufort,
» qui a prolongé ses intelligences jusqu'à
» vous. Toutes les sentinelles d'onze heures
» avant minuit nous sont vendues , et
» s'il s'en trouvait de changées et qui ré-
» sistassent, elles seront égorgées. Tenez-
» vous prêt à dix heures quarante huit
» minutes. A la cinquantième marquée, un
» coup de canon de la redoute sera le si-
» gnal. La place répondra par un autre, au-
» quel répliquera un troisième. Au même
» moment , la porte de votre apparte-
» ment sera enfoncée par le premier fac-
» tionnaire et par moi; et comme il se-
» rait dangereux que vous vous servissiez
» d'armes , vous vous laisserez enlever ,
» sans témoigner aucun mouvement. Ce-
» pendant, pour cinq heures , vous rece-
» vrez deux pistolets et deux poignards.

» Si la nécessité vous ordonne d'en faire
» usage, que la prudence en modère l'ac-
» tion. Le mot d'ordre est : *Charles et*
» *Onézyme.* » — J'ai relu ce consolant
écrit plus de trente fois de suite, je l'ai
arrosé de l'armes, et couvert des baisers
de la reconnaissance. Brave et intelligent
Didier! L'affection a donc aussi ses héros!
O providence! délivre-moi, ne fût-ce que
pour le récompenser.

A midi. Le gouverneur est entré à onze
heures et demie, précédé par le guichetier
qui, en posant sur ma console, des pains
destinés à mon aliment, m'a fait un signe
d'intelligence. Sur-le-champ, je me suis
imaginé que c'était la réponse à la lettre que
cet homme, ou ceux dont il est l'agent, a
offert de transmettre à Onézyme, et je
l'ai remercié par un coup d'œil. M. de
Saint-Mars, après avoir visité d'un air
inquiet tout mon appartement, est sorti
sans me parler, et en me lançant, je crois
un regard mécontent. Serait-il instruit du
complot de Didier?

Des trois pains apportés par le guichetier, l'un était marqué d'une croix ; je

l'ai ouvert : il renfermait deux petits pistolets et deux dagues florentines ; ce billet y était joint : « L'accord assure le suc- » cès ; le porte - clef et moi ne fesons » qu'un : c'est en son nom que je réalise » sa promesse. Encore quelques heures, » la victoire est à nous ! » J'ai examiné les armes ; elles sont en bon état : les pistolets à deux coups sont chargés à double charge, les poignards sont d'une trempe fine et à ressort. J'ai caché les uns et les autres dans ma ceinture.

A trois heures. Mes portes se sont ouvertes avec fracas. Le gouverneur est entré au milieu d'une escorte de quatre soldats, sabre nu et pistolet au poing. Monsieur, m'a-t-il dit, je suis affligé de vous causer de la peine ; mais mon devoir l'exige. C'est à vous à ne pas forcer d'être cruel, lorsqu'il me suffit d'être exact. Quoique vous ignoriez l'état des choses, les mouvemens qui se manifestent dans ce château depuis quelques jours n'ont pu manquer d'éveiller vos soupçons. C'est vous, monsieur, qui les occasionnez, ces mouvemens. Je ne sais quelle bande de malveillans ses sont avancés jusque sous les glacis, d'où ils ont eu l'insolence d'entamer quelques escarmouches. Quoique repoussés avec perte, comme la trahison ou l'impéritie les a rendus maîtres d'une position assez avantageuse, je n'ai pu me dispenser de recevoir de leur part un parlementaire. Je n'ai voulu entendre ses intentions, et lui expliquer les miennes, que devant vous, afin de vous prouver, ainsi qu'à ceux qui l'envoient, que je sais unir la générosité au pouvoir. Qu'on l'introduise.

Le parlementaire, les yeux bandés, a été admis. Il a dit que l'armée de Son Altesse *Emmanuel de Savoie*, commandée par M. de Beaufort, s'étant emparée du fort de la Corniche, elle avait, à la faveur de cette première capture, assuré la facilité d'une conquête plus importante; mais que l'intention de M. le duc étant de ne pousser les choses à l'extrême qu'autant que la résistance de M. le gouverneur l'y contraindrait, il offrait de suspendre toutes hostilités, et même de renoncer à l'entreprise, si M. de St.-Mars

voulait remettre aux mains de M. le duc
l'illustre prisonnier pour les droits duquel
ce prince était armé. Le gouverneur a
répondu : Ce château ne renferme d'autre prisonnier que celui-ci.... A ces mots,
le parlementaire a tourné les yeux vers moi;
il m'a considéré un instant avec un atten-
drissement mêlé de surprise; puis fléchis-
sant le genou et me tendant les bras, i
s'est écrié : Ah, prince!... Le gouverneur,
que ce mouvement avait interrompu, a
repris : je n'ai, dis-je, dans ces remparts
que ce prisonnier, dont j'ignore, et dont
je dois ignorer les droits. Ceux du roi
mon maître, ne sont pas problémati-
ques, et c'est pour les maintenir que je
vous ordonne de reporter au chef de
votre bande cette réponse décisive. Je
ne rendrai point la place, et suis décidé à
m'ensevelir sous ses ruines, si je ne par-
viens pas à écraser sous celles de la Corniche votre troupe insurgente. Quant au
prisonnier, si jamais j'étais contraint à
céder, vous ne l'auriez que mort. Ce sont
les ordres de mon gouvernement. Reti-
rez-vous.—Vil agent de l'usurpateur, s'est

écrié le parlementaire, en s'en allant, ton audace et la cruauté ne resteront pas impunies. Si tu oses porter sur le prince tes mains mercenaires et criminelles, compte sur la plus éclatante vengeance! —Vous m'avez entendu, Monsieur, m'a dit alors le gouverneur. Je souhaite et j'espère que de telles extrémités sont impossibles; mais si les événemens déconcertaient le courage, sachez que je remplirai mes sermens.

A dix heures. L'heure de ma délivrance, de mon supplice peut-être, s'approche. Dieu, protecteur de l'innocence, je désavoue ceux qui s'arment pour me conquérir du pouvoir. Ce serait acheter le trône trop cher, s'il le fallait payer du sang de mes amis. Tant d'ambition, tant de fracas, conviennent mal à mon caractère et à mes désirs. Il ne me faut qu'Onézyme et la liberté!

Trente-trois minutes après dix heures. J'ai essayé de regarder à travers mon guichet; il est fermé. Il m'a semblé qu'on changeait la sentinelle; ce n'est pourtant qu'à onze heures qu'on la relève ordinairement.

Chaque seconde précipite ma destinée.
L'on dirait à mon attention à fixer mes
yeux sur cette aiguille, que mon sort est
attaché à ses oscillations. Je veux lire, et
mes yeux ne peuvent distinguer ces caractères confus... J'ai besoin de réfléchir; toutes mes pensées roulent dans ma tête en
chaos nuageux... J'écris des mots vagues et
sans liaison; je me promène à pas lents, ab-
sorbé dans une contemplation effrayante...
à pas précipités, emporté par un tourbillon d'inexplicables idées... Je m'arrête,
j'écoute, je n'entends rien!... Je m'assieds,
je veux calmer mes sens; leur agitation redouble! Quelle soif brûlante!... La fièvre me
dévore!... Dieu, dieu, quarante-cinq... minutes... quarante-sept!... Le canon de la redoute!... celui du château!... la réplique!...
C'en est fait! je vais être libre... ou mourir!... —Du courage, allons, du sang-
froid, de la fermeté!... O ma chère Onézyme!... O mon Dieu!

. . . .

Un intervalle, que je n'ai mesuré que
par les accès de la souffrance et les pé-

* 6.

riodes de la fièvre, vient de s'écouler.
J'habite de nouveaux cachots; j'avais osé
concevoir ma liberté, ou désirer la mort.
La mort a été sourde, et la liberté n'est
plus pour moi. Mon sort est accompli;
envisageons-le d'un œil sec; et si la main
de l'implacable destinée a déployé pour
jamais le rideau entre le monde et moi,
opposons à son injustice une constance
inébranlable. Il est beau d'être malheureux, quand on peut faire rougir ses ennemis.

Que je reprenne la trace de mes souvenirs. Abrégeons, par un travail cher
à mon cœur, les longues heures de la
captivité. Si la précision des dates m'é-
chappe, n'ai-je pas, pour classer mes idées
et fixer les faits, une chronologie plus
sûre, mes sentimens?

A peine la troisième salve avait-elle riposté, que, selon l'avis de Didier, mes
portes enfoncées me montrent deux
hommes masqués, dont l'un, après m'a-
voir dit à l'oreille le mot d'ordre, tire
de sa poche un masque de velours noir,
presqu'en forme de casque gothique, et

m'en emboîte la tête. La mentonnière mobile, au moyen d'un ressort d'acier, se ferme avec un petit claquement qui me fait tressaillir; mais tout entier à la chaleur du moment, je marche avec rapidité sur les pas de mes deux guides, dont chacun me tenait une main et qui m'entraînaient vivement. Au pied de l'escalier, ils me saisissent, me soulèvent et me portent à travers les souterrains des fortifications. A l'entrée du chemin couvert, un soldat aussi masqué se présenta avec une lampe dont il éclaira notre marche. Elle fut leste; après quelques tortuosités, deux portes de fer s'offrent, et sont franchies: une voiture touchait au seuil de la dernière; on m'y jette; mes porteurs prennent place à côté de moi, et nous partons. Tout cela se passa en silence de part et d'autre; je l'observais strictement, satisfait de me conformer aux instructions de Didier, que je voyais suivies de point en point. Aux premiers rayons du jour, nous avions traversé les montagnes, et notre chaise roulait dans une belle vallée. Je ne doutais pas que je fusse en Piémont.

Mes guides cependant demeuraient taciturnes. Plus d'une fois, pendant la nuit et plus souvent encore depuis qu'il faisait jour, j'avais tendrement serré dans mes mains, la main de celui que je croyais mon domestique. O mon cher Didier, lui dis-je à plusieurs reprises, que ne te dois je point? La liberté, la vie, mon père, Onézyme! O mon fidèle ami, comment te payer ces bienfaits?... Désabusez vous, me répondit une voix inconnue; vous n'êtes point libre, et je ne suis pas Didier. Non, la foudre creusant un abîme à mes pieds m'eût moins épouvanté. Je restai immobile, muet, sans pensée et sans sentiment. Je ne suis pas libre, et vous n'êtes pas Didier? m'écriai je pourtant avec effort. Mais où vais-je, que me veut on, et qui êtes-vous? C'est ce que vous ne tarderez pas à apprendre, reprit la même voix. Maintenant il suffit de vous laisser conduire. Je ne suis pas libre, répétai-je lugubrement pendant le silence

qui se rétablit! Je suis donc trahi par ce
que j'ai de plus cher, ou plutôt il a été
trahi lui-même! Je ne suis pas libre! que
me reste-t-il sur la terre, puisqu'en perdant jusqu'à l'espoir de ma liberté, je
perds aussi celui de revoir Onézyme! Ah!
il faut mourir! Et par un mouvement
machinal et désespéré, je portais la main
à ma ceinture, pour y saisir un pistolet.
On a craint cet emportement, me dit
l'inconnu, et on a su le prévenir; vous
êtes désarmé. Ces derniers mots produi-
sirent sur moi l'effet le plus extraordinaire
et le plus inattendu. Il me sembla que la
rage du désespoir s'éteignait tout à coup
dans mon sein. Le calme y entra subite-
ment; et sans doute au grand étonnement de mes gardiens, je ne fis que répéter doucement : Ah! je suis désarmé!
Tant mieux, on m'épargne un grand
crime! Après quoi, je gardai un silence
paisible, qu'interrompaient seulement
quelques questions indifférentes, auxquelles presque toujours on jugea à propos de répondre. J'ai conclu de ce prompt
changement que, sur les personnes de

mon caractère, dont la sensibilité exalte
habituellement les organes, la nature
agissait plutôt par choc, qu'insensiblement; comme si dans sa prévoyante bonté,
elle préférait leur faire boire d'un trait
la coupe d'amertume, à la leur distiller
goutte à goutte.

Je remarquai, durant ce second transport, assez semblable au premier, qu'il en
différait pourtant par plusieurs circonstances. Après celle du déguisement de mes
guides, la plus notable se trouvait dans la
manière de voyager. Au lieu d'être dans une
voiture hermétiquement fermée, il m'était
facile, à travers les glaces transparentes,
de voir et d'être vu. Nous descendions
aussi dans les auberges, où la singularité
de notre mascarade attirait un peu les
regards, mais en même temps semblait
les intimider. Quant au sommeil, il ne
m'était loisible de le goûter qu'avec mon
casque; mes gardiens m'avaient déclaré,
dès la première nuit, qu'il fermait par un
ressort dont ils ignoraient le secret. Au
surplus, je ne fus pas long-temps à m'ac-
coutumer à cette nouvelle sujétion : le

contour entier et l'emboîtement du crâne
et du visage étant, comme je l'ai dit, en
velours noir, doublé de soie, et les ressorts de la mentonnière se trouvant assez
souples et assez mobiles, pour s'adapter
parfaitement aux ligamens de la mâchoire
et aux muscles de la bouche.

Ce fut dans cet état que le quatrième
jour, au soleil couchant, nous arrivâmes
dans un hameau sur les bords de la mer.
Jamais son aspect n'avait frappé mes yeux,
et malgré la mélancolie de ma situation,
je me trouvai assez d'enthousiasme pour
ne pas contempler de sang froid cet imposant spectacle. Toutefois sa magnificence et son éclat perdirent de leur prix
pour moi, lorsqu'un petit bâtiment de
transport, amarré sous le tertre que j'avais
gravi, me fut indiqué comme devant
servir à compléter mon exil. Toutes les
plaies de mon cœur se rouvrirent et sai-
gnèrent douloureusement. Tant que je
foulais le sol natal, une aimable illusion
me faisait croire que je respirais le même
air qu'Onézyme. Mais ses soupirs et mes
sanglots pourront-ils franchir l'immense

espace des mers? Et dans quel lointain
climat, sous quel ciel sauvage, plaît-il au
despotisme d'envoyer sa victime? O reine!
se peut-il que la funeste science des gouvernemens, se peut-il que les besoins de
l'ambition, étouffent jusque dans leurs
principes, la nature et l'amour? Pourquoi
de mon berceau ne fîtes-vous pas un
cercueil? vous m'eussiez épargné des années d'agonie.

Je montai sur l'esquif, en dévorant
mes larmes. Mes conducteurs, par les
égards qu'ils me témoignaient, parais-
saient me plaindre; mais je jugeais à leur
silence, qu'il était contre leur mission de
me consoler.

Les derniers feux du soir se brisaient
dans les vapeurs de l'horizon, borné par
une masse qu'ils teignaient de lueurs écar-
latines. On eût dit un édifice incendié.
C'était ma destination. Nous ne mîmes
pas à l'atteindre plus de deux heures, et
la nuit noircissait la mer et le ciel, quand
notre barque mouilla au pied de la tour.
Des hommes portant armes et flambeaux
bordaient le rivage. Ils me reçurent avec

un silence également sinistre et respectueux. Après m'avoir environné, ils me
conduisirent dans l'enceinte de la forteresse, que la tour commandait de si loin.
Après quelques préliminaires fastidieux,
des geôliers me précédérent dans un escalier étroit et tournant, au haut duquel,
sur une plate-forme élevée, ouvraient les
chambres du donjon. La mienne me fut
indiquée ; une sorte de domestique fut
installé près de moi, pour veiller à tous
mes besoins ; et c'est de là, où peut être
je suis condamné à user ma vie, c'est de
ce donjon que j'écris.

Dans les longues journées du loisir cha-
grinant, que me laisse ma réclusion, j'aime
à contempler la mer, sous ses différens aspects, et trouve entr'eux et la situation de
mon âme, de secrets rapports. Lorsqu'un
calme heureux plane sur ses flots, quand
leur miroir immobile réfléchit, sans
altérer, les paysages de la terre et la voûte
des cieux, je me trace ces momens si
courts et si fortunés, où mon paisible
cœur répétait avec facilité les leçons, les
sentimens, les discours, l'image d'Oné-

zyme. Le soleil qui, du sein d'un océan
de pourpre et de vermeil, monte insensiblement sur l'azur de l'horizon, me peint
les premières années de notre enfance,
où tout brillait pour nous d'innocence
et de candeur. Un ciel ardent, qui change
en lac de feu les vagues qu'on croirait
bouillantes, c'est cette époque de ma
vie, quand la nature allumait pour moi
son flambeau, que l'ambition et le res-
sentiment échangèrent contre la torche
des vengeances. Mais, où mon sort semble
écrit tout entier, en caractères à la fois
augustes et terribles, c'est lorsque la
tourmente étale sur les eaux ses ravages
et son horreur. Ces funèbres rideaux de
nuages, qu'une main invisible déploie ;
ces bruissemens sourds et lointains ; ces
mugissemens, tantôt lugubres et étouffés,
tantôt rauques et perçans ; ces balance-
mens formidables de l'océan qui se sou-
lève tout entier, s'élance en montagnes
jusqu'aux nues, se creuse comme des
vallées jusqu'aux abîmes, et retombe
et se brise en verdâtres écumes ; ces voix
de la tempête qui mêlent à la voix des

tonnères leur épouvantable harmonie;
ces silences plus effrayans que le fracas;
enfin, ce mélange de ténèbres épaisses
et de lueurs blafardes; toute cette pompe
horrible de la nature dans ses jours de
deuil: voilà ce qui imite mes tourmens
intestins, ma tristesse profonde, mes dé-
chiremens, mes angoisses, et jusqu'à ces
instans trompeurs où la douleur semble
m'accorder une trève garantie par l'espérance: voilà les tableaux faits pour l'œil
d'un malheureux, ceux qu'il caresse dans
dans sa misanthropie, et qui peut-être
l'adoucissent en la perpétuant.

Je viens d'apprendre ce dont je ne me
doutais guère; savoir, que le gouverneur de la Tour et des îles, dont elle est
la métropole, est M. de Saint Mars. J'ai
reçu sa visite ce matin; il a redoublé pour
moi de politesses et d'égards: je n'exagé-
rerais même point en assurant que ses
manières tenaient du respect. Il s'est ré-
pandu en excuses sur la conduite qu'il
a été forcé de tenir avec moi, ou relativement à moi; mais elle était impérieu-
sement dictée par ses sermens et par son

7.

devoir. Didier, toujours fidèle et dévoué,
avait été surpris par le guichetier chargé
de le surveiller. On avait, en conséquence,
appris les détails du complot et les intelligences avec l'ennemi. C'est pourquoi
on avait suivi, dans mon enlèvement, le
plan même indiqué par mon domestique.
Seulement, au lieu de me faire sortir par
le pont-levis de la Corniche, lequel ouvre
sur le Piémont, on m'avait soustrait par
la porte de retraite, du côté de France.
Le gouverneur avait préféré ce parti,
quoique dangereux, à celui des extrémités cruelles, auxquelles la sévérité du ministère l'avait condamné. Une heure après
mon départ, un détachement de l'armée
savoyarde avait tenté une reconnaissance
qui lui avait été favorable; mais comme elle
m'attendait avec assurance, un avantage
léger n'avait pas suffi à son projet : aussi,
dès le point du jour, ses lignes de circon-
vallation avaient été tracées, et un siége
régulier allait commencer, lorsque la présence de Didier en suspendit les préparatifs. M. de Saint-Mars, qui l'avait retenu
jusqu'à ce que je fusse hors de péril, avait

jugé convenable et humain de le renvoyer
au duc de Beaufort. L'apparition de ce
confident, plus zélé qu'heureux avait
probablement refroidi l'ardeur des assié-
geans. Ils avaient quitté leurs parallèles,
et s'étaient repliés sur le poste de la Corniche, qu'ils occupaient toujours. Quel-
temps après, M. de Saint-Mars avait été
nommé au gouvernement des îles et du
fort *Sainte-Marguerite*, lieu de ma nouvelle captivité.

Cet officier, moins restreint par les
circonstances, a manifesté sur mon sort
un intérêt, dont je le croyais peu susceptible. Il m'a prouvé, ce que je savais aussi
bien que lui, mais ce qu'on aime pourtant qu'un autre vous démontre, qu'aux
maux sans remèdes la résignation était
le seul palliatif. Il m'a fait visiter en détail ma nouvelle demeure, et m'en a dé-
veloppé les agrémens. Comme elle est
située dans une île, je pourrai, lors des
beaux jours, goûter le plaisir de la promenade, même celui de la pêche, sous
la surveillance du gouverneur et de deux

soldats. Du reste, toutes les aisances de la vie me sont accordées : une chère aussi abondante qu'exquise et variée ; un logement agréable et sain ; des livres et des instrumens de musique ; même un petit jardin de fleurs sur la plate-forme du donjon. Rien ne me manquerait, si je n'avais pas un cœur : mais qu'ai-je affaire des délices de la vie, loin d'Onézyme et sans la liberté ?

Aujourd'hui, que le gouverneur m'a entretenu avec une familiarité assez intime pour que je la suppose inspirée par l'affection, je lui ai demandé s'il ne lui serait pas possible de me délivrer de l'attirail incommode de mon masque. M. de St.-Mars, après avoir rêvé quelques secondes, m'a répondu que cela ne dépendait pas de lui, mais que dès demain, il en écrirait au ministre.

Quatorze ou quinze jours (je ne sais lequel, car je ne compte, ni ne date) viennent de s'écouler depuis que le gouverneur a écrit relativement à mon masque. Il a reçu réponse, dont il m'a

communiqué une partie ; voici ce que
j'en ai retenu : « Sa Majesté voit avec un
» sensible déplaisir que les demandes du
» prisonnier à cet égard sont d'une na-
» ture à ne souffrir ni interprétation, ni
» faveur. Lui - même n'ignore pas que
» peut-être son plus grand tort consiste
» dans une funeste identité de figure avec
» celle d'un personnage auguste, qu'il
» est inutile d'indiquer. Et si, par une
» supposition que la générosité du roi
» veut bien admettre, il devenait jamais
» compatible avec les intérêts de l'Etat
» d'accorder son élargissement, il est à
» présumer que cette ressemblance dan-
» gereuse y opposerait un obstacle pres-
» qu'invincible : cependant la bonté du
» monarque, qui n'est pas moins grande
» que sa puissance, ne lui défend pas
» d'espérer. »

Cette dépêche ministérielle a changé
le cours de mes réflexions habituelles, et
m'a suggéré de nouvelles conceptions.
Hé! quoi, me suis-je dit, le roi ne craint
pas, d'un côté, d'avouer que mon seul
tort est dans ma ressemblance avec lui,

et de l'autre, il ne rougit pas de me faire
espérer, à titre de grâce, une liberté
qu'il me doit, comme la plus stricte justice! De quel droit pense, parle et agit
un souverain, dont je suis l'égal aux yeux
de la nature, dont je serais le supérieur
aux yeux de la loi, si j'avais pour étayer
mes réclamations, des trésors et des armées? De quel droit, si ce n'est de celui
du fort qui ose tout, parce qu'il peut
tout, contre le faible qui ose peu et ne
peut rien? Qui ne peut rien! Par la violence, sans doute; par ces moyens tyran-
niques sous lesquels il faut bien fléchir,
mais auxquels cependant il est naturel et
fesable d'opposer quelques obstacles. Ces
obstacles, il faut les trouver dans la nécessité et les employer par la ruse. Dans
ce jeu cruel et bizarre d'un despote contre
un esclave, il sera peut-être intéressant,
à l'œil même du Dieu qui repousse l'injustice, d'observer la hauteur tranchante
des attaques et les adroits subterfuges de
la défense. Luttons ainsi contre un frère
qui me méconnaît, contre un roi qui
m'opprime, contre une reine et une mère

qui m'oublie, ou plutôt contre l'indigne
ministre qui déshonore leur autorité et
compromet leurs noms, en les fesant servir au maintien de son pouvoir (1).

Il n'est besoin, pour suivre ce dessein,
que d'en trouver l'occasion : et si je ne
me trompe, voici qu'une rencontre for-
tuite vient de me l'offrir. Chaque cinq
jours, ou à peu près, un pêcheur, qui
probablement demeure dans un de ces
nombreux îlots situés à l'ouest-sud, paraît
sur sa barque, à la portée du canon. Je
présume qu'il ne se hasarde pas d'approcher de la Tour, dans la crainte des deux

---

(1) Il est superflu de faire observer que ces raisonnemens, ainsi que la plupart de ceux que sa position inspire
à l'infortuné Charles, ne sont autres choses que des décla-
mations passionnées et des pétitions de principes. A la
place de Richelieu, de Mazarin, de Louis XIV, il eût
agi envers l'individu, dont l'existence au sein de l'État
en eut compromis la tranquillité, comme ces Gouvernans agirent envers lui. Sans doute, il faut plaindre et
secourir le malheur ; mais il faut administrer et sauver
les Etats. La ligne qui sépare les intérêts sociaux des
affections privées, est presque insensible et fort délicate.
Qui sait la suivre a résolu le problème du mariage de la politique avec l'humanité ; il montre dans la même personne,
la réunion de l'homme d'état et de l'homme de bien.

sentinelles qui en gardent les extrémités,
avec ordre de tirer sur les bateaux trop
curieux. Mais si, après avoir averti ce pêcheur par un signal quelconque, il m'é-
tait possible d'occuper l'attention des sentinelles, ou de la distraire, je ne manque-
rais pas de moyens pour établir entre ce
nouvel agent et moi un commencement
de rapports. Les gens de sa classe sont
sensibles aux malheurs des hommes de la
mienne: ne le fût-il pas, il est pauvre, et
conséquemment intéressé. Pour s'attacher les vils mortels, au défaut de leurs
sentimens, on peut compter sur leurs
passions.

Hier soir, le pêcheur s'est montré. A la
faveur du soleil couchant, j'ai pu l'examiner, et ma *longue-vue* m'a permis de
distinguer son occupation. D'un banc de
gravier, où d'abord il était amarré, il a
conduit sa barque jusque vers un prodi-
gieux amas de roseaux, dans lesquels il a
jeté l'ancre. Puis s'avançant à la poupe,
il a suspendu sa ligne sur les flots. Comme
il était placé vis-à-vis de moi, chaque
mouvement qu'il fesait, en soulevant sa

ligne, semblait porter ses yeux vers les
miens. J'ai même cru, durant quelques
minutes, qu'il avait discontinué son travail, pour me considérer; mais ceci,
comme tant d'autres illusions, n'est qu'une
rêverie de l'espérance.

Depuis que j'ai mis quelque confiance
dans ce moyen, les heures me semblent
des journées et les journées des siècles.
En voilà six que le pêcheur n'a reparu:
ne reviendrait-il plus? La fatalité qui me
poursuit l'aurait-elle écarté pour jamais?

Il est revenu! J'ai essayé un signe; si
je ne m'abuse, il a été compris et l'on a
répondu. La Tour, cachée dans l'ombre,
me promettait qu'un mouchoir blanc,
agité à plusieurs reprises, serait facilement
aperçu; il l'a été. Le pêcheur, qui avait
la tête découverte, y a replacé son chapeau, l'a ôté et m'a salué respectueuse-
ment. J'allais continuer le balancement
du mouchoir, quand le moment de la
retraite m'a été signifié. Je suis rentré le
cœur plein de joie. Il faut si peu pour
en donner aux misérables! Je ne crois

pas que les sentinelles se soient douté de rien.

J'ai été entendu, rien n'est plus certain. Le bon pêcheur s'est montré aujourd'hui une heure plus tôt que de coutume. A son unique mât, était déployée une voile blanche sur laquelle j'ai cru découvrir des caractères ; mais l'éloignement ne m'a pas permis de les distinguer. J'ai réitéré mon signal, auquel on a riposté comme hier.

Comme il n'est pas impossible que le pêcheur trouve l'occasion d'approcher, j'ai commencé un travail, dont le résultat, en lui apprenant qui je suis, ce qu'il peut tenter pour moi, et ce qu'il a droit d'attendre de son dévouement, parviendra peut-être à déterminer un changement dans mes destins. De la pointe d'un couteau, j'ai tracé sur le dos d'une assiette d'argent, un précis très succinct, et quasi en style lapidaire, de mon existence et de mes revers. Ces renseignemens parviendront-ils à leur destination ?

O providence ! je me prosterne et vous remercie : ils y sont parvenus ! Aujourd'hui

le pêcheur, qui paraît un homme de ré-
solution, s'est brusquement avancé jusque
sous le mouillage de la Tour. Comme jamais circonstance semblable n'a eu lieu
depuis ma détention, les sentinelles ont
paru craindre de suivre rigoureusement
leur consigne, et se sont consultées un instant. Pendant cet heureuse irrésolution,
j'ai dirigé, du mieux qu'il m'a été possible, l'essor de mon assiette, qui a pris
son vol dans les airs, et à la faveur de sa
forme de disque, est tombée en pirouet-
tant aux pieds du pêcheur. Il l'a lestement
cachée sous des filets, en gagnant le large.
Ce coquin a bien fait, disait un des factionnaires, car j'allais lui apprendre à
respecter la consigne. L'alégresse est
rentrée dans mon âme avec l'espoir; le
gouverneur, qui croit que l'oiseau s'ap-
privoise à la cage, m'a fait son compli-
ment.

Plusieurs jours se sont écoulés sans
que j'aie acquis la moindre nouvelle. Le
pêcheur ne revient plus. O Dieu, si
plus alléché par le salaire de la trahi-

son que par le prix de la fidélité, il avait révélé ma tentative !... Il me semble en effet que le gouverneur s'est refroidi ; son air est toujours respectueux, mais guindé. Je crois aussi les factionnaires plus attentifs et plus minutieusement exacts.

Oh ! que le temps est long à l'attente inquiète ! Douze interminables journées, et pas un mouvement ! Si après demain je n'apprends rien, je ne reviens plus sur la plate-forme. Ce contre-temps change en supplice le plaisir de la promenade.

Celle que je viens de faire a commencé bien cruellement. Que de pas dans tous les sens, que de tours croisés dans toutes les dimensions ! Que de réflexions noires, que de pensées amères, que de projets extravagans ! Quel désordre dans les idées, quel bouleversement dans les sensations ! Quel passage brusque, rapide, subit d'une joie sans mesure à une douleur sans retenue ! Comme mon pauvre cœur a été ballotté par les vagues mutinées et contraires de la crainte et de l'espoir ! Enfin, grâces au ciel, ce dernier sentiment a surnagé, je me coucherai plus calme. Le crépuscule s'épaississait, et j'allais me retirer, quand à l'extrémité de l'horizon, une lueur a brillé. Ma lunette m'a fait reconnaître mon pêcheur; et comme la tranquillité des élémens garantissait une belle soirée, j'ai obtenu une prolongation de promenade, sous prétexte que j'étais curieux de voir pêcher aux flambeaux. Effectivement, je n'ai pas perdu de vue mon nouvel émissaire; il a déployé un vaste filet, sur les bords duquel luisaient des lumignons. Puis debout, et comme suspendu, de la pointe de sa barque sur les flots, une portion de rézeau à la main, il épiait l'instant de le retirer. Peu à peu cependant, son petit bâtiment, dont apparemment il n'avait pas laissé tomber l'ancre, dérivait vers la tour; et les sentinelles appuyées sur la balustrade du donjon, oubliaient la sévérité de leur consigne, en faveur d'un spectacle qui les amusait. La lune, qui commençait à se montrer à travers des nuages immobiles, éclairait ce petit tableau digne d'une idylle de Sannazar (1). Tout à coup la voix du pêcheur éclata dans le silence. Il chantait une sorte de complainte assortie à sa profession, et dans laquelle certain poisson captif implore l'assistance d'un brochet, qui lui promet de ronger les mailles de sa prison. Le refrain, qui sans doute fesait à ma situation une allusion grossière, fut répété tant de fois, que je ne pus m'empêcher de le retenir et de l'agréer, comme le présage de ma prochaine liberté. J'ai fredonné bien long temps ces quatre mauvaises rimes, que la circonstance me fesait trouver excellentes :

> Va, pauvre poisson, prends courage;
> Tant travaillera le brochet,
> Qu'il rompra ce maudit filet
> Et finira ton esclavage!

Le pêcheur revient assidûment; de

---

(1) Poète latin du siècle de Léon x, qui voulant se se frayer, dans le genre pastoral, une autre route que celle où Théocrite et Virgile ont tant fait éclore de fleurs, a transporté ses acteurs, du font des bois, ou du bord des fontaines, dans des barques de pêcheurs et sur les rivages de l'océan. Il y a dans ses composition du naturel et quelquefois de l'élégance; mais le choix des paysages et celui des interlocuteurs est vicieux.

temps en temps il s'approche, comme s'il avait à me communiquer directement quelques nouvelles. Les sentinelles, qui sont presque toujours les mêmes, sont tellement accoutumées à ces manœuvres, qu'elles ne les remarquent plus.

Il vient de toucher du bout de son aviron, la saillie du pied de la Tour. Le bruit que ce mouvement a produit dans les flots, a fait avancer la tête au factionnaire, qu'à sa figure prévenante et à ses cheveux blancs, je juge un bon homme : Camarade, lui a-t-il crié, un peu plus loin, sans quoi je serais forcé de me ressouvenir de ma consigne. Le pêcheur, en feignant d'être engagé dans de longues herbes aquatiques, m'a indiqué du doigt, un interstice de la muraille, et s'est retiré à force de rames, en chantant son refrain accoutumé. Je tâcherai de descendre ce soir.

Vaine espérance ! Les consignes ont pris un caractère de sévérité fort alarmant. Je ne puis sortir de ma chambre, dont la fenêtre, qui ouvre sur la mer, est fortement grillée.

*7

De cette fenêtre, comme par un optique, je vois une échappée lointaine, au
fond de laquelle je crois apercevoir quelque bâtiment. Si c'était mon pêcheur ?
Non, ce n'est pas lui ; car en ce moment
même, sa voix, qui monte du bas de la
tour, m'apporte le refrain chéri. Qu'est-
ce que j'aperçois à travers les mailles de
ma lucarne ? La pointe d'une baïonnette,
qui me présente un peloton de fil ! C'est
sans doute le factionnaire dont j'ai favo-
rablement présumé, et qui s'entend avec
le pêcheur. Grand Dieu, quel fracas ! Un
coup de fusil ? Ah ! le malheureux se sera
trop hasardé ! voilà le prix de son dévouement ! Mais le factionnaire qui heurte de
son fer le fer de mes barreaux répète
aussi le refrain. Que signifie tout cela ?
Voyons si le peloton renferme quelque
éclaircissement ? Oh ! que l'ennui de le
dévider irrite mon impatience !... Enfin,
un chiffon informe me présente ces lignes
à peine crayonnées. « Celui en qui vous
» paraissez avoir confiance la mérite ;
» mais comme il vit du produit de la
» pêche, qu'il est forcé d'abandonner

» pour s'occuper de vos affaires, il se
» recommande à votre générosité. D'ail-
» leurs, il est dévoué et prêt à tout. On
» a signalé, à quelques milles d'ici, une
» escadre anglaise : voulez-vous qu'il la
» prévienne ? Elle peut vous être du plus
» grand secours ; car si la Tour était blo-
» quée, votre délivrance ne tarderait pas.
» Remettez votre réponse et vos instruc-
» tions à la sentinelle des jours pairs, à
» midi. Elle passera plusieurs fois sous
» votre fenêtre, en chantant le couplet
» du pêcheur. Fichez le peloton à la
» pointe de sa baïonnette, et ne tremblez
» pas au bruit des coups de fusil. »

J'ai répondu sur-le-champ par la voie
indiquée, que je donnais plein pouvoir
d'agir en mon nom, et pour mes intérêts,
auprès des flottes anglaise ou espagnole ;
que j'approuvais d'avance pour mon élargissement tout ce qui ne compromettrait
point mes devoirs envers mon souverain et l'état ; que pour subvenir aux
premiers frais de l'entreprise, je joignais
sous le peloton une bague d'émeraude
et un cachet d'onyx, seuls bijoux que j'y

pusse cacher; qu'enfin ma reconnaissance
serait aussi étendue que le service, et pro-
portionnée à son importance.

Deux, quatre, six jours viennent de se
passer, sans nouvelles ultérieures. La sentinelle de midi m'a montré sa bayonnette,
mais absolument nue. A la vérité, j'ai entendu le refrain consolateur.

Je viens d'être réveillé par une forte
clarté qui, du fond de l'horizon, a pénétré
dans ma cellule; je ne sais à quoi l'attribuer, à moins que ce ne soit à quelque
vaisseau incendié. Ce qui appuierait cette
conjecture, est la détonation qui a suivi
ce vif éclat. Malheureux navigateurs! mais
moins malheureux que moi; car, enfin, la
mort, qui est le dernier des maux, en est
aussi le terme, et certes n'en est pas le
plus grand.

Le refrain du pêcheur m'a averti aujourd'hui, octave de ma nouvelle entreprise, que le factionnaire qui y participe
se promenait sous mes barreaux. Un moment après, le peloton s'est présenté, et
j'ai appris par la petite dépêche qu'il renfermait, que la bordée et les flammes de

l'avant-dernière nuit étaient les signaux
par lesquels quatre vaisseaux anglais et
quelques petits bâtimens me signifiaient
leur croisière.

Au moment que mon âme, plus avi-
dement que jamais, se rouvre à l'espérance, le sort, qui ne la faître naître sans
doute que pour se jouer de ma crédulité,
me prépare un nouvel et dernier revers.
Le gouverneur, inquiet du mouvement
des Anglais, a fait murer la lucarne par
laquelle je pouvais promener mes regards
sur la mer. Une autre fenêtre a été prati-
quée dans le pan de muraille opposé,
et ouvre sur la cour ! Toutes communications sont donc interceptées. Cela ne sera
pas long, a dit M. de Saint-Mars. Je n'ai
pas compris le sens de ces paroles.

Quinze jours sans nouvelle, ni changement. Le gouverneur qui me vient voir
chaque soirée, a repris l'air préoccupé
et les manières distraites qu'il montrait
dans le château des Alpes, quelque temps
avant la catastrophe. S'en préparait-il une
nouvelle ? Ah ! pour cette fois, toute terrible qu'elle puisse être, je dois le sou-

hâter vivement. Il faut sortir de cette
anxiété par la mort ou par la victoire.

La croisière nous manifeste sa présence
tous les matins par des salves multipliées,
auxquelles la Tour ne répond pas. Si je ne
me trompe, ses créneaux sont pourtant
hérissés de canons.

Le sort en est jeté ; toute espérance est
vaine ; toutes les ressources manquent à
la fois. M. de Saint-Mars vient de me si-
gnifier où le gouvernement avait jugé
ma translation indispensable, dans un
moment où les Anglais se liguent avec
les Espagnols pour seconder les ennemis
intérieurs qui troublent le royaume. Cette
translation est indiquée pour demain. Sous
quels nouveaux verroux va-t-on traîner
un misérable ? C'est ce que le gouverneur
m'a laissé ignorer.

A la Bastille.

Ce n'est plus sur le cadran des heures,
ni sur le cercle des jours qu'il faut me-
surer ma détention ; c'est par la période
entière de mon existence. Il est indispen-

sable que, pour ne pas succomber à l'étonnement que le renouvellement de chaque année produit dans toutes mes facultés, je me persuade que je suis né captif, que ma patrie est une prison, et ma demeure habituelle un cachot. De telles idées, soutenues incessamment par les sensations qui les inspirent et les renouvellent, deviendraient, non seulement familières, mais coutumières, et s'identifieraient avec la vie même, si celui qui les éprouve aujourd'hui n'en avait jamais connu que de cette espèce. Malheureusement il n'a pas bu, en entrant dans ces repaires, les salutaires eaux du Léthé. Malheureusement, au fond de ces enfers et parmi leurs tortures, vivent encore les souvenirs du paradis de délices. Que dis-je? vivent! ils se retracent, ils se peignent, ils se présentent animés de toutes les couleurs d'une imagination qui les embellit, rendus plus vifs et plus piquans par les regrets qui les accompagnent. En cet instant, où pèsent sur ma tête les voûtes répétées de cent cachots; lorsque de fugitifs rayons glissent à peine d'une

lucarne oblique sur ce papier, confident
de mes soupirs; en ce moment même, je
vois errer autour de moi les images ché-
ries d'Onézyme et du baron; elles me
sourient avec tendresse, elles m'indiquent
à travers une brèche opérée à ces détes-
tables murs, elles m'étalent une campagne
riante, asile du repos, du bonheur et de
la liberté. La main d'Onézyme me guide
parmi des labyrinthes de verdure, sous
un berceau de lilas et de rose, aux bords
d'une cascade écumante; la bouche de
cette épouse adorée frémit sous les baisers de ma bouche; l'éclair de la béati-
tude brille!... l'illusion cesse, le charme
s'évanouit..., ô douleur! je suis à la Bastille!

Combien d'années y ai-je consumé?
Il en est tant que je n'ai plus daigné compter, que mon calcul, quelque exact que je
m'efforçasse de le rendre en ce moment,
s'écarterait de la vérité, peut-être de
plusieurs lustres. Si jamais il m'est permis
de distraire un peu ma vieillesse captive,
par les souvenirs de mon enfance si for-
tunée, ce sera alors que j'additionnerai

les heures, les jours et les ans. Maintenant
qu'un reste de pitié, criant en ma faveur
dans la conscience de mes gardiens, me
permet de soulager la mienne, en expri-
mant quelques uns de ses tourmens; per-
derai-je à des recherches chronologiques,
à des supputations de dates, un temps
que je peux employer moins aridement?
Mes chères tablettes me sont rendues : la
teinte jaunie de mes derniers caractères
m'avertit de leur vétusté. Hélas! ainsi que
leur auteur, ils ont vieilli pour l'infortune;
elles en sont les dépositaires, comme
j'en suis la victime.

Depuis le moment que ma translation
fut décidée, jusqu'à celui où d'autres
gouffres s'ouvrirent pour m'engloutir;
voici les principaux faits qui ne se sont pas
effacés de ma mémoire. J'en terminerai
le narré par la description du local que
j'habite, et par le compte que je me rendrai à moi-même du régime qu'on y a
adopté.

Suivant l'avis que m'en avait donné
M. de Saint-Mars, gouverneur des îles
et château de Sainte Marguerite, je me

tins prêt pour mon changement de do-
micile. Après un déluge ce larmes inutiles, après des bouffées d'un désespoir
superflu, je compris que toutes mes ressources s'évanouissant, il allait au moins
ne pas me priver, par ma faute, de la seule
que l'injustice ou la méchanceté ne pouvait m'enlever : je veux dire la confiance
en Dieu et la résignation à ses volontés.
Il faut que ce sentiment ai une base bien
positive dans son objet, e une influence
bien réelle sur celui qui s'y livre, puisque
le seul desir de l'éprouver en amène à
la fois le besoin et la satisfaction, et que
l'un et l'autre deviennent une source de
consolations ineffables. S'il y a des athées,
ce qui, dans le sens étroit, me paraît difficile, on ne les rencontre sans doute que
parmi les heureux du siècle, et je le
conçois : l'habitude des jouissances en
entraîne en même temps le dégoût et la
nécessité ; le dégoût de celles auxquelles
leur fréquence et leur familiarité ont ôté
le sel et le prix ; la nécessité de celles
auxquelles donnerait du prix et du sel,
leur épineuse rareté et quelquefois leur

extravagance. Les recherches que nécessitent celles-ci étant en sens inverse des lois de la nature et des intérêts de la société, elles doivent sans cesse détourner de l'idée de Dieu, qui a créé l'une et permis l'organisation de l'autre, ceux qui les contrarient toutes deux. Delà un abandon graduel des types primordiaux de l'univers : savoir, l'existence de Dieu, son action sur les hommes, et par conséquent l'immortalité de l'âme, la distinction du bien et du mal, la distribution des peines et des récompenses futures. De là, par suite inévitable, une chute rapide dans le système des sensations brutes qui ravalent l'homme beaucoup au dessous de la bête, puisqu'en ce déplorable état il use encore de sa raison pour diriger ses turpitudes. Telle ne sera jamais la marche du véritable infortuné. Le malheur qui le frappe l'a-t-il, comme une peste, séparé du reste de l'humanité, à qui, dans son isolement, s'adressera-t-il, sur qui s'appuiera-t-il au jour de sa faiblesse ? Il est un seul être qui ne rejette poin ce qu'ont rejeté tous les hommes.

8.

La famille humaine est composée de frères qui caressent ceux d'entr'eux qui furent les plus forts ou les plus adroits, mais qui persécutent ceux qui furent coupables sans génie ou malheureux sans caractère: quels qu'ils soient, qu'ils se jettent dans les bras de Dieu, c'est leur père commun; malheureux ou infortunés, innocens ou criminels, tous les hommes sont ses enfans.

Le gouverneur jugea convenable de choisir, pour le moment de notre départ, une nuit orageuse, qui tiendrait éloignés de nous les bâtimens de la croisière. En conséquence, nous descendîmes du môle du phare, qu'on n'avait point allumé, dans une de ces barques hollandaises, dont les courbes ingénieuses cèdent facilement au mouvement des vagues. La mer houleuse paraissait au loin labourée de sillons, que le reflet des étoiles rendait étincellans. Quatre petits esquifs légers nous servaient d'escorte, tandis que plusieurs vaisseaux se tenaient au loin en observation. On peut juger, par ces précautions,

quelle importance le ministère at-
tachait à mon retour en France, et quel
aurait été son dépit si je fusse tombé aux
mains des ennemis.

Ils faillirent cependant mettre en défaut la vigilance de M. de Saint-Mars.
Le gros temps ayant séparé de notre petit convoi une des chaloupes, elle fut
poursuivie de près par un bâtiment de
la même dimension, qui la prenait vraisemblablement pour celle dans laquelle
je me trouvais. Hormis cette méprise,
nous ne courûmes aucun hasard. Seulement le roulis me fit souffrir beaucoup,
et l'on me mit à terre dans un état à faire
pitié. Quelques jours dans une excellente
auberge me remirent entièrement.

Le plus grand mystère régna dans le
voyage. Une voiture fermée, qui relayait
silencieusement, nous transporta, tout
d'une traite, dans une terre dont M. de
Saint-Mars ne me dit pas le nom, mais
de laquelle je le crois seigneur; car les
paysans et paysannes vinrent au devant
de lui, et lui offrirent des bouquets. On
m'avait précédemment fait entrer dans

une litière qu'escortaient douze à quinze
hommes à cheval, et qui ne s'ouvrit que
dans un salon bien clos. De grands rideaux, déployés dans toute leur étendue
sur les vitres, interceptaient toute espèce
de communication. Ce fut là que, pour
la première et je crois la seule fois, le
gouverneur s'étant assis à table vis-à-vis
de moi, plaça à côté de son assiette deux
pistolets, dont l'aspect inopiné m'interdit
un peu. Ne craignez rien, monsieur, me
dit M. de Saint-mars avec gravité, ils ne
menacent que les indiscrets. Je compris
l'avertissement et me tus.

Nous demeurâmes trois jours dans ce
château, qui est fort agréablement situé,
et environné de belles dépendances, autant que je l'ai pu présumer par un coup
d'œil rapide jeté du haut des donjons.
Après quoi, le gouverneur et moi prîmes
la route de Paris, dans la voiture fermée.
Rien de remarquable ne signala cette tra-
versée, qui fut heureuse.

Notre voiture s'étant arrêtée sous une
voûte très obscure, deux hommes se pré-
sentèrent à la portière avec des flam-

beaux. Nous descendîmes. Un double
rang de soldats armés jusqu'aux dents
forma sur-le-champ un cercle resserré,
au centre duquel nous marchâmes et
franchîmes le reste du passage. Il aboutissait à une porte qui s'ouvrit, et nous
permit d'entrer dans une grande pièce
qui me parut une antichambre, au fond
de laquelle ouvrait une seconde salle,
dont les portes se refermèrent sur nous.
Je ne dois pas omettre qu'il y avait dans
la première cinq à six personnages de di-
vers costumes, ayant tous la tête découverte, et dans l'attitude d'un profond respect. Si je n'eusse pas été un misérable
prisonnier, j'aurais pu me croire le maître
de cette nouvelle habitation, et le souverain de ces commensaux.

Dans la salle où M. de Saint-Mars et
moi venions de pénétrer, on avait allumé
un grand feu, devant lequel était une
table magnifiquement servie, mais sur
laquelle un seul couvert était dressé. J'en
fis la remarque au gouverneur, qui me
répondit que dorénavant je mangerais
seul, parce qu'il n'y avait dans le château

ni prisonniers ni officiers dignes d'être
mes convives; que telle était la volonté
expresse du roi. Mais vous, monsieur,
lui dis je alors, ne me ferez-vous jamais
le plaisir de partager mon repas? Je re-
ceverai cet honneur, comme je le dois,
me répondit-il, et j'y répondrai autant
qu'il me sera possible. Ce ton de céré-
monie et d'une considération froide, auquel je n'étais point habitué, flatta moins
mon amour propre, qu'il n'affligea mon
cœur.

Le gouverneur soupa donc avec moi.
Lui-même, à chaque changement de services, introduisait un valet de chambre,
qui posait les plats et se retirait en silence.
Je ne sais si j'ai mentionné que je portais
toujours mon masque.

Après le repas, M. de Saint-Mars me
parla à peu près en ces termes : « Monseigneur (car tel est le titre que je vous dois),
jusqu'alors, de quelque importance qu'on
ait entouré vos détentions successives, je
n'ai dû voir en vous qu'un prisonnier
dont l'existence et la sûreté m'étaient spécialement recommandées; mais hormis

les égards que le malheur réclame, je
ne vous devais aucun traitement extraordinaire. Votre situation change, au moins
sous certains rapports. La politique du
cabinet s'adoucit pour vous; et ne pouvant vous faire jouir de la liberté, elle en
veut tempérer la privation. Daignez re-
doubler votre attention, Monseigneur;
il s'agit ici du repos de votre vie, et de
votre vie même. Je dois commencer par
vous déclarer, premièrement, que le Gouvernement, non seulement ne vous regarde comme coupable d'aucun crime,
mais qu'il vous considère, au contraire,
comme n'ayant pas le plus léger tort. Il
vous fait, par mon organe, de très sincères excuses de la nécessité à laquelle il
se voit condamné, en usant envers vous
d'une rigueur qui répugne à ses maximes
ordinaires et à son indulgence accoutu-
mée. Mais l'indulgence suprême de l'É-
tat, son existence même, et celle de tout
le Gouvernement, tiennent inévitable-
ment à cette mesure, que d'ailleurs, encore une fois, il rendra la moins insupor-
table pour vous, comme la moins pénible

pour lui. C'est par suite de ces principes, que je suis, en second lieu, chargé de vous tranquilliser sur le sort de ceux à qui vous êtes unis par le sang ou l'amitié. Votre épouse jouit d'une santé parfaite; elle occupe, dans une maison religieuse de son choix, un appartement commode, où rien ne lui manque, hors vous et la liberté. Vous n'apprendrez même pas sans un vif sentiment de plaisir que, dans cette retraite, elle a mis au monde un fils dont l'éducation fait son occupation continuelle et chérie. Enfin, je dois vous prévenir qu'un messager établi pour vos communications se chargera chaque semaine de lui porter de vos nouvelles et de vous rendre les siennes; les unes et les autres devant se borner cependant à de pures relations amicales ou domestiques, que je ne pourrai me défendre de surveiller avec sévérité. Quant au baron des Anglecourts, quoiqu'il ait peut-être mérité la colère et même les punitions du Gouvernement, par une rébellion ouverte, ou du moins en partageant celle qui s'est manifestée dans les premières années de la Régence ; malgré ces écarts, dis-je, il vit paisible ; s'occupant toujours de sa fille et de vous, mais ne s'immisçant plus dans des intrigues aussi dangereuses que peu louables. Le sort de vos serviteurs est également fixé d'une manière avantageuse pour eux et satisfaisante pour vous. Votre fidèle Didier, retourné dans ses montagnes, a pu, par la munificence de madame de Chevreuse et du duc de Beaufort, acquérir une petite habitation qu'on dit charmante, où il passe des jours tranquilles avec une Savoyarde qu'il a épousée. Ainsi le bonheur, ou au moins ce qui en approche le plus, la tranquillité, est le partage de ce qui vous intéresse extérieurement ; et à l'égard de ce qui vous est plus directement personnel, je suis commis pour vous indiquer les moyens de le tourner à votre plus grand avantage. Persuadez-vous bien d'abord, que vous êtes prisonnier à la Bastille, c'est-à-dire dans la forteresse la plus redoutable de l'Europe : redoutable par sa position, sa construction, son état de défense, qui la rendent imprenable et

invincible; redoutable encore par sa destination et par son régime. En réflé-
chissant sur chacun des accessoires qui
environnent le nouveau local de votre captivité, vous comprendrez que les efforts
pour vous en délivrer étant inutiles, il
ne vous reste pour ressources que la patience et la résignation. Mais ces vertus
ont besoin d'être accompagnées, ou pour
mieux dire, d'être manifestées par quelques qualités de détail, sur lesquelles il
est bon que je m'explique. *Discrétion* et
docilité doivent dorénavant vous servir
de boussole et de devise. Vous allez passer de cet appartement, qui est le mien,
dans une des huit tours dont le château
est flanqué. Là, vous serez servi par un
individu complaisant, intelligent, fidèle,
mais auquel il vous est expressément re-
commandé de ne point parler de ce qui
vous concerne. Cette défense s'étend à
tout le monde sans exception, même pour
moi; elle est si précise, et d'une si haute
importance, que son infraction, je ne
puis vous le laisser ignorer, entraînerait
votre perte. Il en serait de même, si vous

vous permettiez de vous montrer à visage
découvert, hormis à votre domestique et
à moi. Le premier est condamné à une
prison perpétuelle, et vos traits me sont
connus. Seul donc, ou avec nous, vous
pourrez demeurer sans masque; mais au
moindre mouvement étranger, hâtez-vous
de le revêtir, si vous aimez la vie. Aussitôt
que vous aurez pénétré dans l'enceinte
des tours, oubliez qui vous êtes, qui vous
avez été, ce que vous auriez pu être sans
la nécessité qui fait tout ployer sous son
joug d'airain. A ces sujétions près, auxquelles l'habitude vous rendra bientôt
insensible, vous jouirez de toutes les aisances qui peuvent calmer l'esprit, con-
venir au caractère, satisfaire les goûts,
contenter les sens. Vous habiterez un logement sain, commode, agréablement
décoré, d'où votre vue pourra découvrir
une perspective amusante et variée. Une
table abondante, délicate et dont les li-
queurs et les mets seront diversifiés à
votre choix; un belvédère charmant,
planté d'arbustes et de fleurs, parmi lesquels vous pourrez venir respirer un air

pur, rêver à vos malheurs, ou en adoucir
le sentiment; des livres, de tel genre et
en telle quantité que vous le désirerez;
des instrumens de musique et des crayons;
enfin, si vous l'exigez, des collections
d'objets rares et précieux que les sciences
et les arts amassent à grands frais : voilà,
Monseigneur, tout ce que le roi vous
offre en dédommagement des privations
involontaires qu'il vous impose. Croyez
qu'elles répugnent à son cœur, et qu'il a
besoin de se rappeler qu'il est le père de
ses sujets, pour ne pas trop se ressouvenir de la tendresse qu'il a pour vous. »—A
cet étrange discours, dans lequel on pouvait dire sans hyperbole, que le despotisme me présentait des chaînes couvertes
de fleurs, je me contentai de répondre
en gémissant : » Un regard d'Onézyme, un
sourire de mon fils, vaudraient mieux que
tout cela ! »

M. de Saint-Mars jugea convenable
que je couchasse cette nuit dans son
appartement. Le lendemain, mon nouveau valet de chambre, que j'entendis
nommer *Rosarges*, vint me chercher,

pour me conduire dans le mien. En entrant dans l'enceinte de la Bastille, j'a-
vais déjà traversé le premier pont-levis
placé sur le fossé du rempart; je franchis le second qui aboutissait à une porte
voûtée, par laquelle on pénétrait dans
la grande cour. C'est un carré long, entouré sur ses quatre faces de murailles
prodigieusement élevées, à l'une des-
quelles on remarque une horloge colos-
sale dont la construction et l'idée me pa-
rurent singulières. Au dessus d'un énorme
globe de bronze qui sert de cadran, vole
d'une aile pesante, ou plutôt se repose, le
Temps qui, de son sablier penché, fait
lentement sortir les Heures. Aussitôt que
l'une d'elle, figurée par une jeune fille,
a paru, elle est accueillie par une ma-
trone, dont le triste visage indique assez
le chagrin qui suit la captivité. Cette
femme, armée d'un fouet, frappe de
coups rompus par de longs intervalles
sur un timbre que lui présente la nym-
phe en gémissant. Le son qui en résulte
est à la fois aigre, lugubre, et même un
peu faux. Après avoir contristé l'oreille,

il se répand et se prolonge dans le creux
des voûtes, autour des créneaux, à travers les corridors, les escaliers et jusque sous les cachots où il va mourir en
vibrations tremblantes. Cependant, à mesure que l'Heure s'avance dans sa marche, elle semble invitée à en précipiter
le terme, par une autre figure, qu'à son
air riant on reconnaît pour l'Espérance.
A l'instant où l'Heure nouvelle se montre
hors du sablier, celle qui vient de passer
entre dans un temple manifesté par un
simulacre de péristyle: c'est celui de cette
divinité bienfesante et trompeuse qui
l'ouvre et le referme vingt-quatre fois
par jour. Hélas! il pouvait encore se rou-
vrir pour tous les prisonniers : à moi seul
il devait rester clos pour jamais! (1)

_____

(1) A cette décoration, qui du moins permettait l'espérance, on avait substitué celle-ci dont M. Linguet
nous a laissé la description : « L'horloge du château,
» dit-il dans ses *Mémoires sur la Bastille*, donne sur
» la cour. On y a pratiqué un beau cadran ; mais de-
» vinera-t-on quel en est l'ornement, quelles décorations
» on y a jointes? des fers parfaitement sculptés. Il a
» pour support deux figures enchaînées par le cou,
» par les mains, par les pieds, par le milieu du corps.

Déposé d'abord dans la tour dite de la *Basinière*, où un sieur *Jonca*, qui me parut greffier, m'inscrivit sous le nom de *La Tour* (comme si, nouveau suzerain de la forteresse que j'allais occuper en qualité de prisonnier, il était naturel et convenable que je prisse le nom de ma propriété ; je fus conduit ensuite dans le troisième appartement de la tour appelée la *Bertaudière*, duquel M. de St.-Mars et Rosarges s'empressèrent à l'envi de me faire connaître les aisances et les beautés. Je dois avouer qu'en effet les unes et les autres étaient très-remarquables, et eussent peut-être fait oublier à un captif ordinaire l'ennui de sa détention. Surtout le belvédère avait de quoi char-

---

» Les deux bouts de ces ingénieuses guirlandes, après
» avoir couru tout autour du cartel, reviennent sur
» le devant former un nœud énorme. Et pour prou-
» ver qu'elles menacent également les deux sexes, l'ar-
» tiste, guidé par le génie du lieu, ou par des ordres
» précis, a eu grand soin de modeler un *homme* et
» une *femme*. Voilà le spectacle, dont les yeux d'un
» prisonnier qui se promène sont récréés. Une grande
» inscription, gravée en lettres d'or sur un marbre
» noir, lui apprend qu'il en est redevable à M. *Ray-*
» *mond Gualbert de Sartines.*

8 *

mer. C'était un jardin chinois, décoré de
tout ce que le luxe des arbustes étrangers
et des fleurs les plus rares, peut avoir de
précieux et de recherché. Malgré l'avancement de la saison, on y voyait mêlées
à des buissons de plantes printanières,
toutes celles qui enrichissent l'automne.
Dans un angle de ce réduit charmant, on
avait pratiqué un pavillon en forme de
ces tourelles de porcelaines, si fréquentes
dans les environs de Pékin. La flèche de
celui-ci, composée de cinq grands ar-
ceaux renversés en manière de côtes de
melon, était couronnée par un œuf doré
d'une dimension prodigieuse; et à cha-
cune de ses volutes, pendait une grosse
sonnette, qui communiquait à sa voisine
par une guirlande de clochettes. Le moindre zéphyr, agitant ces petits instrumens,
leur fesait moduler des accords, qui se
fondaient agréablement avec le murmure
produit par les feuillages. L'intérieur de
ce cabinet était au moins aussi remarquable. Par une galanterie, dont on imaginerait difficilement qu'on fût capable à
la Bastille, il représentait, à peu de chose

près, celui que j'avais fait élever près de
la fontaine, dans la forêt des Anglecourts.
Et pour que l'illusision me fût plus chère,
on avait décoré celui-ci des mêmes portraits qui embellissaient l'autre. Je ne pus,
en y entrant, me défendre de laisser tomber quelques larmes. Mais le gouverneur,
afin de les sécher, m'entraîna vis-à-vis
d'une *jalousie*, à travers laquelle mon
œil pouvait errer sur un spectacle ravis-
sant. J'avais en perspective deux points de
vue très distincts et très différents l'un de
l'autre, mais tous deux fort amusans pour
un détenu, par leur continuelle variété.
L'un s'étendait le long d'une partie du
faubourg St.-Antoine, dont le commencement, qui forme une sorte de place,
m'offrit le tableau mobile et animé d'un
marché. J'y remarquai, avec un plaisir
qui sera mal compris par ceux qui, toujours libres, ont toujours vécu parmi les
hommes; j'y distinguai, au milieu d'une
foule immense, bigarrée par toutes sortes
de couleurs, des groupes que réunis-
saient, divisaient et variaient sans cesse,
le besoin, l'intérêt, l'oisiveté, le plaisir.

Il y avait des laitières courbées sur leurs
voitures, qui distribuaient dans une multitude de vases tendus par une multitude
de mains, la douce liqueur des hameaux;
il y avait des campagnardes lestes et fraî-
ches, qui touchaient devant elles des ânes
et des mulets chargés de légumes, de
fleurs, ou de fruits. Un lourd paysan
pliait sous le poids d'un énorme sac de
graines ; tandis qu'une jeune citadine
étalait avec complaisance sur son éven-
taire des calvilles d'un rouge de corail,
des grappes de raisin bronzé, ou les
pommes d'or des Hespérides. Mais un
double rang de boutiques, au milieu des-
quelles circulait la foule, fixa davantage
mon attention. Les unes représentaient
des masses de beurre frais élevées en py-
ramides safranées; les autres des jattes de
fruits rangées en vermeil amphithéâtre;
celles-ci d'énormes amas de coquillages
et toutes les libéralités de l'océan; celles-
là les dépouilles emplumées ou velues des
hôtes de la forêt. Un mythologiste dirait
que dans cet endroit favorisé, Palès étalait ses clayons, Flore nuançait sa cor-

beille ; que Pomone vidait son panier, qu'Amphitrite entr'ouvrait sa conque, et que Diane payait à la sensualité des Parisiens les tributs de son arc d'argent.

La deuxième perspective qui se développait dans mon optique était tracée par la quadruple avenue du boulevard. Au milieu de sa double rangée de verts tilleuls, je voyais une route, dont cent carrosses broyaient les cailloux, et aux côtés de laquelle de légers escadrons de promeneurs soulevaient la poussière, des pieds de leurs rapides chevaux. Les tranquilles piétons cheminaient sous le berceau d'ombrages que dessinaient les arbres, et formaient, en se perdant au loin, deux lignes, dont le mouvement sinueux et continuel rappelait l'idée d'un fleuve dont les flots s'écoulent sans s'épuiser.

Toutes les promesses que le gouverneur m'avait faites, il les tint. J'eus, à ma volonté, une table recherchée, des vins choisis, une bibliothèque intéressante, des tableaux de prix, un très bon clavecin, un excellent luth, une collection de musique récente, et une foule de pro-

ductions d'histoire naturelle. J'y joignis
un petit cabinet de physique expérimen-
tale, un jardin botanique, un réservoir
que l'on peupla de poissons, une immense volière où l'on réunit des oiseaux
du plus brillant plumage ou du plus mé-
lodieux gosier. Dans une grande cage
que l'on plaçait, aux beaux jours, sous des
rameaux verdoyans, je fis apparier plusieurs tourterelles, dont je me plaisais à
écouter les monotones roucoulemens. Ils
s'accordaient avec la situation de mon
cœur, que ne déchiraient peut-être plus
les pointes d'une douleur acérée, mais
que flétrissait insensiblement le souffle
empoisonné du malheur. Deux chats, et
un chien surtout, étaient aussi devenus
mes compagnons fidèles; la solitude avait
facilement réuni ces animaux, que l'instinct naturel sépare; et lorsque la promenade m'avait lassé, que je commençais
à me fatiguer de l'étude, ou de mes autres
délassemens, je jouissais de leurs ébats.
C'est une chose remarquable, que de
toutes les sensations dont l'homme est
susceptible, celles qui reposent dans les

formes colorées et animées, sont aussi celles qui conviennent le mieux à son âme, et qui entrent le plus en contact avec sa nature. Une belle statue peut le charmer; un concert savant le transportera; la délicatesse des mets, le parfum des fleurs, enchanteront son goût et son odorat; mais pour captiver son cœur, en remuant ses sens, les bonds joyeux, les bruyantes caresses de son chien, ont un pouvoir bien plus réel, bien plus décisif, bien plus irrésistible et surtout bien plus permanent. C'est que, sous cette figure, peut-être vulgaire, à travers ces couleurs et dans ces mouvemens, le sentiment respire : le sentiment, par lequel existe tout ce qui vit dans l'univers; sans lequel tout est mort, et qui, directement émané de Dieu, ne nous fut soufflé par lui que comme un avant-goût de l'immortalité.

Dans Rosarges, mon domestique, ou plutôt mon compagnon, M. de Saint-Mars m'avait donné un pauvre diable, que son indiscrétion et son bavardage avaient réduit à la détention perpétuelle.

Un malheureux hasard l'ayant rendu témoin d'un de ces secrets d'État, que ceux
même qui en sont les auteurs ne s'avouent
pas, il s'était vu menacé de perdre la vie
si jamais il le révélait. Durant quelques
années, la crainte lui avait imposé un
silence exact ; mais dans une circonstance,
où une légère teinte d'ivresse rendrait
parleur l'homme le plus silencieux, notre
bavard avait rompu les liens dont sa langue avait été trop long-temps garrottée, et
il lui avait donné une ample carrière. Les
intéressés, bientôt informés de cette intempérance, délibérèrent s'il fallait, en la punissant, considérer l'effet qu'elle pouvait
produire, ou seulement l'intention de
son auteur. Cette dernière opinion ayant
prévalu, Rosarges avait été séquestré ; et
depuis long-temps il végétait dans l'ennui
d'une captivité solitaire, lorsqu'on se
rappela qu'avec ses bonnes qualités il
pouvait faire un excellent serviteur. En
effet, je n'eus jamais à me plaindre de
lui. Son intelligence, ses égards, son affection même me laissaient peu à désirer ;
son défaut d'ailleurs ne m'était pas inutile.

Je m'en trouvai bien dans les commencemens surtout; car ce fut par eux que je
pus connaître le régime intérieur de la
Bastille. Je rapporterai en peu de mots
ce qu'il m'en apprit.

La Bastille est un château fort, où sont
reclus, soit temporairement, soit à vie,
par mesure ministérielle et de haute po-
lice, les individus innocens ou coupables,
mais suspects, dont la présence dans la
société nuirait à la tranquillité du gouvernement, et conséquemment au repos
de l'État. Sans doute qu'il appartient peu
à ceux qui sont compris dans l'une de ces
classes, de discuter si, dans un royaume
vaste et gouverné par une puissance légitime, il est dans l'esprit de sa constitution, dans les mœurs de ses habitans,
et dans l'intérêt même de ses administra-
teurs, de conserver un lieu où l'on est
frappé sans loi et puni sans avoir commis
de crime. Cette question, qu'au premier
aspect on pourrait croire isolée, l'est si
peu, que pour la résoudre ou seulement
pour l'agiter, il serait besoin d'en examiner beaucoup d'autres, dont la légitimité

de la puissance de nos rois serait la plus
notable et la plus importante. Dieu me
garde de toucher à ces matières dange-
gereuses et sacrées, qu'on ne doit pas
plus remuer que les laves qui fument sur
la bouche des volcans (1); mais sans en-

---

(1) Les plaintes, dans la bouche de celui qui souffre,
ne peuvent jamais servir de bases à des raisonnemens
sensés; car la logique n'est nullement l'art d'émouvoir
les passions. Cependant, comme quelques années avant
la révolution on s'est servi à peu près des mêmes moyens
pour arriver au plus effrayant résultat, il n'est peut-
être pas superflu d'indiquer en deux mots leur faiblesse
et le danger de les employer. MM. Linguet et Mirabeau
qui, pour bonnes raisons, avaient été détenus, le premier à la Bastille, l'autre à Vincennes, ont essayé de
prouver, l'un dans ses *Mémoires*, le second dans son
livre *des Lettres de Cachet*, que les prisons d'État étaient
impolitiques, immorales, illégales, et surtout inconsti-
tutionnelles. Impolitiques, parce qu'au lieu de tranquilliser l'empire qui en fesait usage, elles nourrissaient
dans son sein un germe de mécontentement et de rebel-
lion. Immorales, singulièrement en Angleterre et en
France, en ce qu'elles étaient diamétralement opposées
à l'esprit de liberté de cette première nation et à l'urba-
nité de l'autre. Illégales, dans ce sens, qu'elles n'étaient
ni prévues, ni commandées, ni même tolérées par aucune loi. Anticonstitutionnelles enfin, puisque ne se
trouvant pas énoncées dans les édits fondamentaux qui
composent la grande charte du royaume, elles éri-
geaient le monarque en tyran, et qui pis est, en despote.
De là, ils concluaient qu'il ne fallait pas de prison d'État;

trer dans aucuns détails, que leur délicatesse rendrait peut-être criminels, n'est-il
pas permis à un captif de désirer qu'avant
de punir les délits, ils soient prévus, pré-
cisés, et que leur châtiment soit énoncé
avec une scrupuleuse exactitude? Lorsqu'un ordre ministériel a conduit un individu à la Bastille, la première opération
qu'il subit est ce qu'on appelle *la fouille*.

---

ensuite par extension, qu'il fallait une constitution
écrite et déduite des droits *naturels* de l'homme. Toute
la basse cour philosophique a répété ces graves raisonnemens. Au moment même qu'elle l'a pu, elle a, d'une
main, renversé la Bastille, et de l'autre barbouillé ses pan-
cartes constitutionnelles. Mais comme, par un antique
usage, le législateur est au dessus de ses lois, ces mêmes
philosophes, qui avaient écrit une belle théorie de liberté, n'ont pas rougi de pratiquer une doctrine d'es-
clavage. Des démolitions de cette Bastille abhorrée, ils
ont fait les fondemens de dix mille maisons de réclusion,
où, à la vérité, ils ne séquestrèrent que les grands, les
prêtres, les riches, les vertueux, les savans, et autres
suspects de cette nature, au nombre, tout au plus, de
quatre cent mille; ce qui ne se peut comparer à celui
d'environ *soixante*, auquel se portaient les prisonniers
d'État, dans les vingt châteaux royaux de France, au 14
juillet 1789.—Sans s'amuser à réfuter ici des sophismes,
dont une cruelle expérience a démontré les inconvéniens,
il suffit de rétablir les principes à ce sujet. Premièrement, le monarque ou le chef d'un empire vaste et po-
puleux, par la raison qu'il doit posséder *le droit de*

C'est une perquisition générale et détaillée, non seulement dans les poches, mais dans les parties les plus secrètes du corps. Son objet et son résultat sont d'enlever au nouveau prisonnier l'argent qu'il peut avoir sur soi, afin qu'il ne lui reste aucun moyen de corruption; et pour lui ôter aussi ceux d'attaque et de défense, on ne lui laisse aucune sorte d'arme.

---

grâce, extraordinairement aux règles, ne peut-il aussi être investi du *droit de punition*, ou du moins de *coërtion*, pour les cas imprévus? Si ce monarque est juste, l'innocence n'aura pas à trembler; et il n'y a pas de mal que les méchans frémissent. S'il est cruel et oppresseur, la Providence (qu'on se garde d'en douter!) lui suscitera à lui-même un châtiment, comme, à ses victimes, des vengeurs. En second lieu, une constitution arrêtée invariablement doit être dangereuse ou superflue, puisqu'elle ne peut offrir qu'une collection d'abstraits métaphysiques, où toutes les circonstances seront fort loin d'être prévues. Des principes élémentaires sur l'essence du gouvernement, sur ses directions civiles, pénales, maritimes, commerciales, morales et extérieures, ne suffisent-ils pas pour servir d'assises à l'édifice de la législation? C'est une haute sottise des orgueilleux *perfectibles* de vouloir le jeter en bronze. Qu'ils apprennent de la modestie et non de Lycurgue ou de Pythagore, qui n'ont que faire ici, que, dans son origine, toute législation est un bloc informe, creusé de lacunes et hérissé d'abus, que la main de l'expérience parvient à polir, en le roulant sans cesse sur la pente du temps. (*Mél. polit. de M. R. de W.*)

Les chambres dans lesquelles on le claquemure sont, au moins pour la plupart, des celulles étroites, basses et voûtées, où l'humidité coule avec l'ombre à travers une petite ouverture en forme de fenêtre, d'où un rézeau de fer maillé intercepte et brise la lumière. Peu de meubles suffisent pour garnir ces réduits : ils consistent en un bois de lit, fixé au mur par des crampons de fer, et sur lequel sont étendus un sommier de paille ou de crin, deux minces matelas et une couverture de laine ; en deux chaises vermoulues, dépaillées ou boiteuses ; en une table peu solide, en une cruche, un pot et deux vaisseaux de terre ou de faïence, et dans deux méchans chenets dépareillés. Des inscriptions lamentables ou des figures bizarrement charbonnées servent de tapisseries. Un triple grillage traverse le tuyau des cheminées ; et le carreau des voûtes serait, au besoin, à l'épreuve de la bombe.

La nourriture, assez abondante, n'est ni saine ni agréablement apprêtée. On la

sert en trois divisions, qui correspondent
au déjeûner, au dîner et au souper. Un
porte-clef la coupe au détenu, privé d'instrumens tranchans.

L'opération de la barbe est regardée,
à la Bastille, comme d'une haute conséquence; et traitée avec la plus sérieuse
gravité. Elle se fait deux, et souvent trois
fois la semaine, par le chirurgien, accom-
pagné d'une sentinelle et d'un porte-clef.
Afin d'éluder ces sujétions, qui me pa-
rurent humiliantes, je leur préférai d'é-
piler ma barbe avec de petites pinces
d'acier. Je dois dire, à cette occasion,
que la première fois qu'on m'ouvrit mon
masque, l'extrême pâleur, ou plutôt la
blancheur parfaite qui s'était repandue sur
mon visage, me rendit méconnaissable
même à mes yeux. C'était encore mes
traits, mais comme ceux d'une statue,
privés de mouvement, d'expression et de
coloris.

Les communications étant défendues
entre les détenus, on répartit à chacun
d'eux, et suivant leur nombre, les courtes

heures de la promenade. Elle a lieu, lors des beaux jours, dans la cour dont j'ai déjà parlé (1).

Il y a quantité d'autres détails, qui regardent la vie domestique, mais desquels je ne me suis soucié qu'indirectement, puisqu'ils ne pouvaient me comporter, et dont, par conséquent, n'ayant pas tenu note, je ne ferai point mention. Je reviens à moi.

SUITE DE MON JOURNAL.

(Années 16** et suivantes.)

Une captivité, dont on compte les lustres, s'est tellement identifiée avec l'existence, qu'elle semble être elle-même, ou

---

(1) On a supprimé ici une foule de particularités, de leur nature très-propres à exciter la curiosité, mais qui ont cessé d'avoir le piquant de la nouveauté, depuis qu'elles ont été divulguées par plusieurs écrivains célèbres, ou du moins très-connus. Voyez les *Mémoires de madame de Staal*, ceux de *Bassompierre*, de *Linguet* et *Laporte*. Voyez aussi *la Bastille dévoilée.*

du moins en faire une portion. L'aspect
de ces tours menaçantes, le silence de
ces tristes donjons, l'aigre et rauque
bruissement des ces verroux; tout ce qui
compose l'attirail de la tyrannie m'est devenu si familier, que le hasard qui brise-
rait mes fers me priverait de certaines
habitudes. Je dis me *priverait*, et je le
dis à la lettre, car voilà l'homme : son
ingénieux égoisme transforme ses peines
en jouissances ; et la nature, mère toujours plus tendre à mesure que la société
devient plus marâtre, change par l'habitude en plaisirs, ou au moins en besoins,
des sensations que d'abord nous avions
jugées insupportables.

Le lundi de chaque semaine, je reçois
exactement une longue lettre de ma tendre Onézyme. A travers le courage qu'elle
y affecte, sans doute pour m'en inspirer,
je crois entendre gémir son cœur. Quelle
destinée en effet! A peine de nos lèvres
avides avons-nous effleuré la coupe de
délices, et voilà que, sous les coups de
l'oppresssion, elle se brise en éclats! Moins
à plaindre que moi cependant, Onézyme,

dans les bras de notre fils, ne peut-elle pas oublier ses ennuis? Oh! que je voudrais le voir un instant! Qu'aux yeux d'un père, le sourire de son fils doit être doux!..... Craignons de remuer ces idées à la fois ravissantes et cruelles. N'augmentons pas les tourmens de la réalité par les plaisirs de l'illusion. Dois-je oublier que le despotisme me défend d'être père comme d'être époux, et que sous le poids de mes fers il n'est plus permis à mon cœur de sentir ni de palpiter?

Aujourd'hui dimanche, j'ai été conduit masqué, selon la coutume, dans la tribune grillée et voilée qui, d'une parois de l'église, ouvre sur la chapelle, et a l'autel en perspective. Au moment de l'élévation, comme le rideau qui me le dérobe est tiré, mes yeux sont tombés par hasard sur les militaires employés à me garder. Je me disais en les considérant: Quelle différence y a-t-il entre ces hommes, chargés par mes geôliers de tirer sur moi au moindre de mes gestes équivoques, quelle différence faut-il que je

mette entre eux et un bourreau? Ne sont-
ils pas, ainsi que lui, les agens de l'arbi-
traire, et plus vils encore qu'aveugles?
Les voilà prosternés devant le dieu de
bonté; leurs baïonnettes se baissent en
présence du paisible agneau; elles peuvent se relever pour me percer le sein!
En me livrant à ces réflexions, j'ai cru
remarquer un soldat, dont la figure ne
m'est point étrangère. Mes yeux affaiblis
par les larmes n'ont pu bien démêler ses
traits; mais certes, ils ne me sont point
inconnus. Il commençait à tourner ses
regards vers la tribune, quand, à la suite
des sacrés mystères, elle a de nouveau été
voilée. C'est dommage; je l'aurais probablement reconnu.

Tout, dans ma situation, devient évé-
ment, objet de conjectures ou de désirs:
cette figure ne m'est pas sortie de l'imagination. Je l'ai vue quelque part, il n'y
a pas de doute. Et pourquoi se rencontre-
t-elle ici? Est-ce le hasard ou un dessein
qui l'y a amenée? Appartient-elle à un
persécuteur ou à un ami? Qu'il me tarde

de voir revenir dimanche ; car il n'est pas impossible que cet individu soit encore de service.

Ma femme me marque de grandes nouvelles : la reine se meurt ; elle a mandé le baron et fait mettre Onézyme en liberté. Anne a paru me plaindre ; elle a pleuré amèrement sur mon sort, dont elle impute la rigueur à Mazarin. Si elle vit, a-t-elle promis, il sera adouci. — Il est trop tard pour se montrer mère, et j'ai trop souffert pour redevenir fils ! Reine à la fois coupable et malheureuse, après avoir compromis le trône par la faiblesse de votre cœur, vous pouviez vous honorer encore par la fermeté de votre caractère. Pour ne pas commettre un parricide, il fallait avouer un adultère. On ne m'eût pas alors supposé d'ambitieux desseins ; j'aurais vécu dans la médiocrité, mère des vrais plaisirs ; mon existence n'eût porté d'ombrage à aucune ambition ; je serais doucement descendu dans la tombe, soutenu par l'amour d'une épouse et par la piété d'un fils ; et si jamais la renommée eût donné quelque éclat à mon nom, du

moins ne l'aurais-je pas payé de tout mon
bonheur. Je rends grâce pourtant à ce
repentir tardif.

Ce que fit une politique toute humaine,
la crainte de celui devant qui toute politique s'évanouit, a pu le défaire. Onézyme reverra son vieux père ; au défaut
des caresses d'un époux, elle recevra celles
d'un père et celles d'un fils. Va, cher enfant ; promène sous les ombrages qui me
virent croître, les pas mal assurés. Et si
jamais, en contemplant tes jeux, l'œil de
ta mère s'obscurcissait de larmes, accours
les recueillir de tes baisers enfantins. Dis-
lui : Calme tes douleurs, et ne crains plus
d'espérer. Le malheur, comme la foudre,
ne touche qu'aux têtes élevées ; il épuisa
tous ses coups sur celle de mon père. Fruit
de l'hymen et de la vertu, je vivrai dans
l'obscurité, et ferai luire encore sur ta
vieillesse quelques paisibles jours. — Tel
est le sens de ce que j'écris à Onézyme.
Chose presque incroyable ! le gouverneur
l'a lu, n'a fait aucune observation, et l'a
remis au commissionnaire.

La fin de la semaine ramène le jour où

je puis voir ce soldat qui ne me parut point inconnu. L'espoir depuis long-temps a cessé de me leurrer de ses songes ; pourquoi donc éprouvai-je un désir qui a l'air de lui ressembler ? Serait-il vrai que son instinct, compagnon fidèle de la vie, remue l'enfant dans son berceau, devance l'adolescent sur la route facile des plaisirs, conduit par la main l'homme dans son épineuse carrière, et s'asseoit encore à son chevet de mort, pour le distraire par de séduisans prestiges ?

Je ne l'ai point revu, et j'en remercie le ciel. Que m'ont servi, jusqu'alors, ces lueurs trompeuses ? Semblables aux feux légers qu'on voit, pendant la nuit, errer à la surface des marais, elles m'ont conduit de précipices en abîmes, jusqu'à ce qu'au fond de celui-ci j'aie trouvé l'enfer où j'achève de mourir.

Que d'événemens ont eu lieu, que de drames se sont joués sur le théâtre du monde, depuis qu'on m'en a séquestré. Mazarin mort, le roi marié, la reine-mère qui va rejoindre son ministre. Sur les rives du fleuve immortel qui coule sans jamais

s'épuiser, ô Anne, vous trouverez aussi
Buckingham ; quand il vous demandera
ce que vous avez fait de son fils, que lui
répondrez-vous ?

Onézyme m'écrit des Anglecourts. Elle
est libre, mais elle regrette une captivité
qui lui était commune avec moi. Il lui
semblait qu'elle diminuât mon malheur
en le partageant. Je le crois, au contraire,
adouci depuis que seul j'en porte le
poids.

Voici de quoi donner carrière à mon
imagination. On raccommode les man-
sardes des cuisines : en traversant la cour,
une tuile tombe à mes pieds ; rien que de
très ordinaire. Mais cette tuile est enve-
loppée d'un papier ; déployons-le et lisons :
« Didier, toujours fidèle, est toujours
» digne de vous. Après dix années de
» regrets et de recherches, il apprend
» que vous gémissez dans ces murs ;
» il l'apprend, et, au moyen de quel-
« ques sacrifices, il parvient à y pénétrer
» comme soldat attaché à la garde des
» prisonniers. Qu'ordonnez-vous de son
» zèle ? Parlez, il est prêt à tout. Il s'est

» aujourd'hui rappelé du métier qui lui
» a valu votre connaissance ; c'est à sa
» faveur que monté sur le toit d'où il
» vous contemple, il peut vous entre-
» tenir. Jusqu'alors nul moyen ne s'était
» présenté. De grâce, mon cher maître,
» que la tentative et son dévouement ne
» restent point inutiles ! » Excellent Didier ! mon cœur t'avait nommé, lorsque
mes yeux hésitaient encore. Je les levai
vers le ciel, et posant sur mon sein ce
précieux écrit, je l'attestai de ma tendresse et de ma reconnaissance. Cependant, je ne profiterai pas de ces offres.
Jusqu'alors j'ai compromis, j'ai entraîné
dans ma disgrâce ceux qui ont essayé de
me soustraire à ses chocs ; pour prix de
leurs services, je leur ai ôté le repos.
C'en est trop : il suffit, il convient que
je sois seul malheureux.

Didier vient de me réitérer ses instances
par un billet plus pressant. Comme il m'a-
vait indiqué de lui répondre par la même
voie, j'ai crayonné mon refus au dos de
son message. Le pauvre garçon gémira
de ne pouvoir se sacrifier.

Je ne me suis point abusé; mais il joint au sentiment de sa douleur affectueuse, une légère pointe de dépit. A mes pieds, vient de tomber une petite enveloppe dans laquelle se trouve un louis d'or, à la face de *Louis XIV*. C'est tout mon portrait, c'est moi même. Sur le papier, je lis ces mots : « Voici votre frère, et voilà ce » que vous êtes!.... » Il a raison, mais que faire? Quant à moi, ils m'ont tant maltraité, que je les mets à faire pis. Mais Onézyme vit encore; mais ils pourraient se venger sur mon cher Clémentin! Non, il vaut mieux s'humilier, souffrir et mourir sans avoir parlé.

Quel tableau vient d'offrir à mon admiration le dévouement d'un serviteur, d'un ami fidèle! Prosterné au pied du sanctuaire invisible, j'immolais au Dieu mort pour moi ce nouveau sacrifice. A la consommation des mystères saints, le voile tombe et je puis reposer sur un doux holocauste mes yeux fatigués par l'aspect des verroux. Tous les fronts, humiliés dans la poudre, fléchissaient en présence du maître de l'univers; la pointe des glaives eux-mêmes se baissait vers la terre. Un seul homme était debout. Au moment que le pontife élève dans les airs le pain sacré, Didier, une main sur sa poitrine, l'autre étendue vers l'autel, prend le ciel à témoin de ses nouveaux sermens. Il me jure, mon cœur l'entend, fidélité, courage, délivrance. Des pleurs jaillissent de ses yeux; mes pleurs y répondent. Reçois, ami, le seul prix digne de toi, cours à de nouveaux dangers : j'accepte tes services!

Voici un nouvel écrit dans lequel Didier développe ses intentions et ses moyens:

« Mon cher et trop malheureux maître,
» vous avez reçu mes sermens en pré-
» sence de Dieu; il faut les remplir. J'ai
» promis de vous délivrer; il faut y par-
» venir. Parmi les ressources que la médi-
» tation et les circonstances m'ont offertes,
» voici celle qui m'a paru la plus simple
» et la plus infaillible. Mademoiselle Cé-
» sarine, dont la figure vous a déjà tant
» servi, peut vous servir encore. Ainsi
» que vous ne l'ignorez pas, elle avait
» été enlevée par M. de Beaufort, et con-

9 *

» duite, sous votre nom, dans tous les
» rassemblemens que les mécontens for-
» maient dans les Landes de la Gascogne
» et aux environs du Bec-d'Ambez. En
» conséquence, tandis que vous passiez
» pour elle aux Clarisses de Fontaine-
» bleau, elle jouait votre rôle dans une
» armée. Mais bientôt lasse d'un person-
» nage, que d'abord elle avait beaucoup
» aimé, elle s'évada un beau matin, et
» onc depuis M. de Beaufort n'eut de
» ses nouvelles. Sans asile et sans pain,
» elle fut trop heureuse de retrouver
» l'un et l'autre dans le monastère des
» Anglecourts. Elle y végète depuis, et
» quoique sa pension soit payée fort né-
» gligemment, on l'a gardée par le double
» sentiment de la commisération et de
» l'amitié : car, au milieu de ses chagrins,
» et malgré l'âge qui aurait dû la mûrir,
» elle a conservé son inconséquence et
» son amabilité. Voilà où la froide et
» cruelle politique a réduit la fille d'une
» reine et la sœur de celui qui devrait
» être roi ; car il n'y a presqu'aucun
» doute qu'elle soit votre jumelle. C'est

» sur les qualités mêmes de son caractère,
» que j'ai fondé le succès de ma nouvelle
» entreprise. Je l'ai vue, je l'ai pressen-
» tie. L'attrait de la nouveauté, l'ennui
» de l'uniformité qui la tue, l'envie d'oc-
» cuper de son existence une cour qui
» la néglige, ont été autant de motifs qui
» l'ont fait consentir à tout. Son évasion
» du couvent est la chose du monde la
» plus facile, vu l'extrême liberté dont
» elle y jouit. Son introduction à la Bas-
» tille ne sera pas plus malaisée; elle y
» paraîtra en la place et sous l'habit du
» tambour de notre escouade , dont
» quelques louis garantiront l'incorrup-
» tible discrétion. Je me suis bien gardé
» de faire connaître à ce jeune homme
» le véritable motif de cette manœuvre;
» il est persuadé qu'il ne s'agit que de
» contenter la curiosité d'un de mes
» amis. Césarine entrée, remettez-vous-
» en à moi pour la substituer à votre
» place, et pour que vous occupiez la
» sienne. Sa ressemblance trompant le
» gouverneur et ses agens, aussi long
» temps que l'exigera le succès de l'af-

» faire, vous pourrez gagner rapidement
» l'Angleterre, d'où vous vous embar-
» querez pour l'Espagne, à moins que
» vous ne préfériez passer incontinent
» dans ce royaume ; car le séjour du
» premier n'est rien moins que sûr,
» troublé comme il l'est par la faction
» de Cromwell. Dans l'un ou l'autre,
» Madame vous suivra avec son vieux
» père et votre jeune fils. Réunis, vous
» ne tarderez pas à me voir au milieu de
» vous, et je jouirai du bonheur de vous
» avoir rendu quelques beaux jours. »

Cette lettre, mieux que tout Sénèque,
Montaigne et mes réflexions, m'a fait connaître à fond l'instabilité de notre nature.
Tout à l'heure, épuisé par les efforts,
rebuté par les difficultés, je jurais de
rester étranger à toute entreprise : une
nouvelle se présente, les moyens me
semblent faciles et le succès possible ;
voilà mon cœur agité de ses anciens
mouvemens. Il se rouvre aux desirs, à
l'espérance, aux projets. Revoir mon
père, embrasser Onézyme, caresser mon
enfant !..... Ah ! le moment où tant de

joie ne sera plus un songe, me payant
des siècles de captivité, suffira pour me
faire mourir de plaisir !

Plusieurs jours viennent de s'écouler,
sans que j'aie revu mon fidèle agent. Je
suppose que la prudence l'écarte de moi,
ou qu'il en est retenu loin par les soins
de l'entreprise.

Le malheur se lasserait-il de me faire
l'objet de ses coups? Aux espérances que
me permet le dessein de Didier, voici
qu'il faut que j'ajoute l'incident le plus
favorable. Soit calcul, soit hasard, le
commissionnaire du lundi n'est plus le
même, Placide lui a succédé. Placide,
ce serviteur singulier et respectable du
bon Vincent de Paul. J'ai failli m'écrier à
son apparition inopinée ; mais apparemment qu'il était prévenu, car mon masque
n'a pas semblé l'étonner. Au reste, je l'ai
toujours trouvé de même, grave, honnête
et sérieux ; les ans paraissent n'avoir fait
aucun changement à sa personne. Je n'en
dirai pas autant de mon domestique, plus
sensible sans doute, et plus facile à altérer.

La trace du chagrin est visiblement em-
preinte sur le front de Didier.

Onézyme me mande que, sur la fin de
sa glorieuse carrière, le vénérable Vincent s'étant voué aux prisonniers, Placide
à son imitation a voulu leur consacrer
ses derniers soins. Depuis deux ans, il
avait été successivement attaché à ceux
du châtelet et de la conciergerie du palais;
mais ayant connu, avec une partie de mes
infortunes, le lieu de ma détention, il
était parvenu, au moyen de quelques manœuvres charitables, à se faire recom-
mander à M. de Saint-Mars, qui l'avait
agréé. Onézyme ajoute que tant de se-
cousses ont ébranlé la vieillesse du baron
des Anglecourts, dont elle tremble chaque jour de fermer la paupière. Elle finit
par me dire que Clémentin, sa consolation
et son espérance, offre sur son agréable
visage le mélange de nos traits; qu'il promet
de joindre, au cœur le plus sensible, un
esprit vif et pénétrant. L'amour mater-
nel, l'orgueil d'un père jouissent de ces
détails flatteurs; moins prévenus et plus

éclairés, nous devrions gémir sur ces dons qui me furent si funestes. Heureux, aux siècles d'injustice, qui dans une poitrine d'airain sent battre un cœur charnel et grossier! Heureux, dont le front vil sait fléchir, dont l'étroit cerveau ne conçoit que des pensées de servitude, et qui au besoin, s'offrirait pour marchepied à l'opulence ou au pouvoir! Borné, dur, égoïste, il s'élèvera en rampant; d'esclave, il deviendra oppresseur, et se payera par des cruautés, des mépris qu'il aura reçus.

Les trois jours qui viennent de se passer feraient dans l'existence la plus uniforme une époque mémorable ; combien ne doivent-ils pas tenir un rang plus marqué parmi les événemens de la mienne, dont ils sont un des plus importans, et dont ils pourraient devenir le plus décisif?

Mardi matin, à peine faisait-il jour, que le gouverneur entra chez moi. Monseigneur, il faut vous habiller et me suivre. — Que signifie ceci, monsieur? — Vous ne tarderez pas à l'apprendre. — S'agirait-il encore d'une translation? — Je ne

le crois pas; mais hâtez vous. — Je m'ha-
bille, on me place mon masque, je descends : une litière fermée me reçoit avec
M. de Saint-Mars, et je chemine sans
savoir où. Seulement, au retentissement
des pas des porteurs, je juge que nous
franchissons les voûtes, et que nous quit-
tons la Bastille.

La marche dura un peu plus d'une
demi-heure. Nous nous arrêtons enfin,
et la litière, qui s'ouvre au pied d'un très-
grand escalier, ne me permet pas de
soupçonner dans quel nouveau lieu je suis
conduit. Le gouverneur me donne la
main, monte et me précède d'un degré.
Au haut, en face d'une porte élevée qui
s'ouvre incontinent, se trouve un personnage qui nous guide dans un cabinet. Là,
M. de Saint-Mars me débarrasse de mon
casque, et me parle en ces termes : « Par
les lettres que Monseigneur a reçues de
son épouse, il a appris la maladie de la
reine : Sa Majesté ne veut pas quitter la
vie sans avoir reçu, embrassé et béni celui
qui lui est si cher. C'est pour cela qu'elle
a mandé Monseigneur. Vous êtes dans

son palais, et voici son appartement. »

L'introducteur qui nous avait quittés, reparut et nous fit signe de le suivre. Il me sembla, par les détours où nous nous engageâmes sur ses pas, que nous tournions les grands appartemens, et en effet nous pénétrâmes par un corridor étroit et assez obscur, dans la chambre où reposait Anne. Quoi, pensais-je, après tant d'années de souffrances et d'événemens, je vais revoir ma mère ! Dans quelles circonstances et pour quels motifs ? Ah ! pourquoi mon cœur éteint par l'adversité ne trouve-t-il pas ces feux qu'un fils devrait sentir ? Mais pourquoi l'ambition les étouffa-t-elle jadis dans le sein d'une mère ?

Notre guide gratta à une porte, qui s'ouvrit sans bruit. Une dame de moyen âge, parfaitement belle, et d'une physionomie sérieuse, nous recommanda le silence par un geste ; puis ayant jeté les yeux sur moi, elle en fit un autre bien opposé et sans doute involontaire, où je vis clairement la surprise, la terreur, la pitié, l'indignation. En portant mes regards sur une glace, je remarquai cette

même dame qui se penchait vers une autre,
assise, et qui lui parlait avec chaleur,
quoique bas. Nul doute que je ne fusse
le sujet de l'entretien.

Il régnait dans l'appartement un silence
morne et une consternation respectueuse,
l'un et l'autre causés par le déplorable
état de la reine, qu'un cancer poussait
au tombeau par l'épineux sentier des douleurs. Un demi-jour mystérieux et presque
funèbre éclairait faiblement le lit de cette
princesse, au pied duquel était agenouillé
un seigneur âgé et d'un extérieur grave,
qu'on me dit être lord Montaigu. Plus
loin, un groupe de femmes, dans diverses attitudes, mais toutes ayant les
yeux sur la malade. Plus rapprochée d'elle,
la jeune reine Marie-Thérèse, assise et
éplorée; et debout, obliquement au chevet, entre un prélat et un autre personnage, que je jugeai un médecin, Louis XIV
que j'aurais reconnu à son attitude imposante et noble, quoiqu'affligée, quand il
ne m'aurait pas stupéfait par sa ressemblance avec moi.

Ce prince, à mon aspect, réprima un

mouvement que je ne saurais qualifier ; il avança de deux pas avec une démarche haute, me tendit la main, et d'un ton également affectueux et pénétré : Mon frère, me dit-il, embrassons-nous. Puis me conduisant vers la reine : Madame ! ajouta-t-il, souffrez que je vous le présente ; il est aussi votre fils.

Anne, que les souffrances tenaient absorbée et comme anéantie, se souleva en poussant un gémissement sourd. Une de ses femmes, madame de Motteville, la soutint, pendant que de ses regards inquiets et attendris, elle cherchait à me reconnoître. Bientôt des larmes tombèrent de ses yeux ; elle m'avança une de ses mains, dont l'âge ni la maladie n'avaient point altéré la rare beauté, et sur laquelle je déposai un baiser respectueux. Oui, dit-elle, en regardant le roi, et en répondant à sa pensée, oui, Charles est mon fils. Je renouvelle, en sa présence, la déclaration que j'ai faite devant vous, de sa naissance et de ses droits. Il faut, mon fils, que vous me promettiez de le traiter toujours en frère. Que Votre Majesté, dit

Louis, en reçoive mon serment solennel!
Et vous, Charles, ajouta la reine en prenant une de mes mains, qu'elle pressa
tendrement dans les siennes, il faut à votre
tour que vous vous engagiez à quelque
chose pour l'amour de moi. Ordonnez,
madame, répondis-je. Appelez-moi votre
mère, reprit-elle. Ma mère, m'écrié-je
involontairement! Il y a long-temps, si
vous l'aviez voulu, que de ma bouche
vous auriez entendu ce titre sacré. A ce
reproche, peut-être cruel et déplacé, elle
baissa les yeux, les ferma presqu'aussitôt
avec un léger mouvement de convulsion,
rougit un peu, et resta quelque temps
sans parler. Louis me regardait avec un
air de mécontentement. La jeune reine se
tenait debout et avait cessé de pleurer
pour me considérer plus facilement. Vous
n'avez que trop raison, reprit Anne; j'eus
avec vous, mon fils, des torts graves et
réels; cependant, croyez-en la sincérité
de ces derniers momens, ces torts furent
plus encore ceux de la politique et des
circonstances, que les miens. Le plus grand
malheur de ceux qui gouvernent est,

qu'avec la puissance des rois, ils ne reçoivent pas la science de Dieu ; leur igno-
rance fait plus de mal que leur méchanceté. Au reste, mon fils, je vous lègue à
votre frère ; il s'engage à réparer celui
dont vous êtes, depuis trop long-temps,
l'innocente et malheureuse victime. Mais
jurez à une mère qui se repent et vous
supplie, jurez que jamais vous ne tenterez
de vous venger des injustices que vous
avez essuyées ; jurez que, si vous retrou-
vez en lui un frère et un protecteur, il
rencontrera en vous un ami sincère et
un fidèle sujet. J'en fais le serment, répondis-je ; Dieu, qui punit les parjures,
entend avec plaisir ce cri d'une conscience qui n'a rien à se reprocher, pas
même la plainte. Il y a long-temps qu'avec
mes privations et mes douleurs, je l'ai
mise au pied de la croix.

La conversation quitta alors ce ton solennel, et descendit à la plus intime familiarité. La reine, que ma présence paraissait charmer, prétendit qu'elle ne souf-
frait presque plus, et annonça, en souriant,
le terme de sa maladie. Alors le contente-

ment se manifesta sur toutes les physiono-
mies, et la joie, qui circulait dans l'appartement, se communiqua bientôt dans tout
le palais. On m'entoura, on m'examina
avec une curiosité avide ; le roi mon
frère, son épouse, ma belle-sœur, la reine,
notre mère commune, m'adressèrent des
questions multipliées. Mais de toutes les
aventures dont je tentais de satisfaire leur
intérêt, nulle ne leur parut plus extraordinaire, plus merveilleuse même que
notre ressemblance. Mon coloris, qu'une
vie oisive et la longue privation du masque m'avaient restitué, au moins en
partie, rendait, aux cheveux près, cette
ressemblance parfaite. Pourtant, selon
l'ancienne remarque d'Onézyme, elle était
plus marquée et plus exacte de Césarine
avec le roi.

Entre Louis et sa mère, il fut arrêté
qu'en attendant le gouvernement d'une
province, j'obtiendrais, avec un titre ho-
norifique et *une maison* (1), les préroga-

_____

(1) Il n'est pas superflu de faire remarquer à la génération qui croît depuis vingt ans, que *la maison* d'un

tives de prince étranger. Qu'en conséquence, j'aurais le pas immédiatement
après les enfans de France. Fiez-vous-en à
moi, me dit le roi, je prétends faire pour
vous tout ce qui ne sera pas incompatible
avec la sûreté de l'État. J'aurais bien voulu
retourner aux Anglecourts, près de ma
femme, recevoir les derniers soupirs du
baron, et présider à l'éducation de mon
fils ; on me promit de m'accorder bientôt
cette satisfaction ; mais il fallut promettre
à mon tour, que j'emploierais au bien de
l'État les talens dont on supposait que le
ciel m'avait doué.

Ce fut avec cette nouvelle et riante perspective, que je fus conduit dans un appartement somptueux, et placé dans un lit,
ou plutôt sur un trône, où j'eus le temps
de bercer mon imagination des projets les
plus doux ; car je ne dormis pas ; et ces
rêves de bonheur furent seulement troublés par l'image de ma mère, expirant
dans les douleurs.

---

prince ou d'une princesse de France se formait à leur
majorité, et était composée de tout le domestique,
depuis *l'aumônier*, jusqu'aux *valets de garde-robe*.

Le lendemain, vingt courtisans attendaient mon lever. M. de Saint-Mars fut le seul que j'admis, et avec lequel je m'entretins. Je le remerciai de ses soins, de ses égards, et promis d'employer mon crédit à l'en récompenser.

Je revis ma mère et le roi. Anne continuait à éprouver une amélioration, et Louis me témoigna une affabilité vraiment fraternelle. J'ai omis de dire que le jeune Philippe, second fils de la reine, avait quitté la cour depuis cinq journées, pour aller réparer envers Césarine les injustices de l'ancien gouvernement. C'est pourquoi je n'avais pas vu ce prince, qu'on disait fort aimable.

Le soir, il y eut autour du lit de la malade, une sorte de conseil d'état. Je voulais me retirer : Non, mon frère, dit le roi, il est bon que vous fassiez votre noviciat.

On avait reçu des dépêches. Louis les prenait ouvertes des mains d'un secrétaire d'état, et les communiquait par extrait à sa mère. Après avoir lu des yeux les premières lignes d'une de ces missives, il pâlit visiblement. Sire, m'écrié-je, vous vous trouvez mal ? Non, non, dit-il, ce n'est rien, mais j'ai besoin d'être seul. Nous sortîmes tous. Les ministres passèrent avec moi dans une pièce voisine, où ils m'entretinrent avec autant d'affection que de respect.

Un quart-d'heure après, un personnage que je crus être un secrétaire particulier entra, tira à quartier un de mes interlocuteurs, et lui parla à l'oreille. Celui-ci fit un violent geste de surprise. Il appela un de ses confrères dans l'embrasure d'une fenêtre, et lui parla bas également. Ce dernier le quitta bientôt, en s'écriant avec humeur : Cela n'est ni possible, ni vraisemblable; cela ne se peut pas. Je demandai de quoi il était question ? Tout le monde garda le silence. Seulement le ministre qui venait de lâcher ces mots, répondit, mais sans m'adresser la parole, et comme s'il se parlait à soi-même : Une absurdité ! une calomnie ! cela ne se peut pas.

Cependant tous les ministres, excepté celui-là, s'étaient écartés de moi; et formés en groupe à l'autre bout de l'appartement, ils s'entretenaient à demi-voix.

Après un instant, un huissier se présenta : Le roi vous demande, messieurs, dit-il, en les saluant. Ils sortirent tous ; je restai seul.

Celui qui avait parlé, revint sur ses pas, s'approcha de moi et me dit, comme s'il craignait d'être entendu : On veut vous perdre ; mais si vous avez des persécuteurs, vous ne manquez pas d'amis. Ces mots firent courir un frisson jusqu'à mon cœur.

Tout à l'heure, j'étais environné des hommages de la puissance ; maintenant me voilà seul !

Seul ! Cette situation inattendue me suffoquait. Un valet de chambre, ou tout autre domestique entra ; il avait la tête couverte, il jeta un léger coup d'œil sur moi, et ne se découvrit pas.

Un moment après M. de Saint-Mars parut. Il était précédé d'un capitaine des gardes. Du seuil de la porte, il se jeta à genoux, me montra l'horrible masque, et ne dit que ces mots d'un accent entrecoupé : Vous êtes perdu !

Je le compris : je m'évanouis........

wwwwwwwwwwwww

Quand le prince revint à lui, il se re-
trouva à la Bastille.

CONCLUSION.

Il n'en sortit plus que mort. En cet endroit, ses tablettes interrompues ne permettent plus de suivre le fil des événemens qui lui sont personnels. Il n'est guère
possible, pour se tirer du labyrinthe, en
apparence sans issue, qu'ils présentent,
ou seulement pour y faire pénétrer quelques clartés, il n'est guère possible, di-
sons-nous, que de hasarder des conjectures. Celles qui suivent, et qui nous
semblent les plus vraisemblables, sont
déduites, autant du concours de plusieurs faits et de leur comparaison entre
eux, que de la lecture des fragmens
d'une correspondance relative à l'infortuné prisonnier. Ces fragmens, trouvés
dans un vieux porte-feuille enfoui sous
des décombres, avaient été recueillis

quelques mois après la prise de la Bastille, par un ouvrier subalterne employé aux démolitions, lequel ne pouvant soupçonner l'importance de ces *paperasses*, les avait abandonnées sous un méchant petit miroir, parmi des mémoires de son travail. La mort de cet artisan ayant amené la vente de son mobilier plus que modeste, les papiers tombèrent sous les yeux de l'homme de lettres qui a rédigé ces mémoires. Celui-ci fit des perquisitions, et découvrit dans ces débris informes la base de son travail. Parmi ces débris, il a trouvé quelques morceaux complets qu'il a employés : de ce nombre sont, en presque totalité, les diverses lettres qu'on a lues dans le courant du livre, et singulièrement celle qui le termine. D'ailleurs, il s'est vu forcé de sacrifier bon nombre de ces lambeaux, dont les uns offraient des contradictions manifestes avec les histoires ou les mémoires les plus accrédités, et dont les autres auraient irrité une curiosité qu'ils ne pouvaient satisfaire. Voilà, pour ceux qui exigent des éclaircissemens, quelques détails bien minutieux, mais dont, au moins, ils approuveront l'intention. Voici maintenant, sur le dénouement de toute cette intrigue, les conjectures les plus plausibles, ou, si l'on veut, les moins invraisemblables.

On se ressouvient d'une part, que Didier avait promis de substituer Césarine à Charles; de l'autre, que Monsieur, frère de Louis xiv, était parti, délégué par sa mère et le roi, pour améliorer le destin de leur sœur commune. Ces deux entreprises s'étant croisées, et Didier n'ayant plus trouvé au couvent des Anglecourts la princesse que Philippe venait d'en enlever; ce confident, aussi zélé que fidèle, avait sur-le-champ projeté de la remplacer par Onézyme. Quelques jours auparavant, le baron était mort, ce qui, livrant sa fille à de nouvelles douleurs, lui laissait aussi plus de liberté, pour tenter la guérison des anciennes. Et qu'y avait-il qui pût l'opérer plus radicalement que sa réunion avec celui dont l'absence les causait toutes? En conséquence, le plan de Didier fut goûté, agréé, mis

à exécution. Le jeune Clémentin , dont
l'âge n'a point été précisé, mais qui, vers
cette époque, devait toucher à l'adolescence, fut confié à madame Jobin et à
Germain , tous deux âgés, infirmes, mais
dévoués jusqu'à la mort au sang de leur
maître.

Cependant l'ancien levain de la Fronde
n'avait pas tellement été étouffé dans le
cœur de ses principaux chefs, qu'il n'y
restât encore un germe prêt se dévelop-
per. Madame de Chevreuse, retournée en
Angleterre, auprès du lord Holant, son
amant, correspondait avec le cardinal de
Retz, retiré dans sa principauté de Com-
mercy. Le duc de Beaufort, promenant
à la fois ses inquiétudes démocratiques,
ses regrets séditieux, et le mécontentement que lui avait donné la disgrâce de
madame de *Montbazon*, sa maîtresse;
M. de Beaufort sollicitait vivement l'assistance et stimulait l'orgueil du prince de
Condé, pour que ce guerrier déployât
de nouveau l'étendard de la rébellion.
Les uns et les autres nommaient souvent
dans leurs lettres le fils de Buckingham,

désignaient sous le nom de *Charles x*,
comme ils qualifiaient Louis xiv d'usurpateur et de tyran.

Quelque intelligent que fût Didier, il
ne pouvait pressentir l'intérieur et les motifs secrets de ces menées dont Beaufort
ne lui avait communiqué que la surface. Ce serviteur, dévoué sans réserve à
son malheureux maître, approuvait les
desseins de ceux qui s'intéressaient à sa
délivrance. Par leurs conseils cependant,
il ne les avait nullement nommés dans ses
lettres au prince : seulement, comme on
l'a vu, il lui avait offert de choisir un asile
en Angleterre. Le parti de Cromwel n'eût
pas demandé mieux que de posséder un
prétendant à la couronne de France, afin
de l'opposer à la prospérité naissante de
son jeune roi. Mais en Espagne, outre
cette même disposition de contre-poids
diplomatique, la maison d'Autriche semblait percer l'avenir pour y lire sa déca-
dence prochaine, entamée par Richelieu,
et que devait compléter l'influence des
Bourbons. Sans pénétrer dans ces profon-
deurs politiques, Didier avait mandé à

M. de Beaufort les intentions du prisonnier; celui-ci les avait transmises au
prince de Condé, par qui enfin elles
étaient parvenues au chef du gouvernement.

La fatalité voulut que, précisément au
même jour, Onézyme, conduite par Didier, s'introduisît à la Bastille. Ce concours de circonstances, cette coïncidence
dans les tentatives, ne permirent pas de
douter qu'il n'en existât dans les intentions. On jugea que Charles conspirait,
non seulement pour sa délivrance, mais
contre son souverain. La joie que la duchesse de Chevreuse laissait éclater à la
nouvelle de sa prochaine arrivée; quelques propos échappés au cardinal de Retz;
les fanfaronnades de Beaufort, et plus que
tout cela, six régimens de Gardes-Wal-
lonnes, avancés sur les frontières de la
Navarre: toutes ces probabilités, rassem-
blées et comparées, formèrent une preuve
imposante, dont, aux yeux de Louis xiv
et de son conseil, le poids entraîna la
perte de son frère. Il la signa en pleurant,
et prit toutes les mesures pour en dimi-

nuer l'horreur. Seulement Onézyme et Clémentin disparurent, sans qu'aucune recherche ait pu laisser sur leur sort même une faible trace. On soupçonna, dans le temps, que la fille du baron des Anglecourts était morte, quelques années après, dans un monastère étranger; et que le rejeton de ce couple malheureux, envoyé sous un nom vulgaire, aux Indes orientales, avait été tué devant Pondichéry. Quant aux bruits de poison, qui se renouvelèrent sur eux, lors de la mort de Madame, belle-sœur de Louis XIV, sacrifiée, dit-on, par son époux au chevalier de *Lorraine*, on peut affirmer qu'ils sont dénués de fondemens. De telles mesures eussent trop répugné au caractère noble et loyal du grand roi; et d'ailleurs, si l'on eût voulu en faire usage, n'aurait-ce point été, préférablement à tous, contre le prince lui-même?

On se contenta de le réintégrer dans sa prison, qu'on environna, à la vérité, de précautions plus sévères et plus multipliées, mais dont le séjour ne devint pas plus rigoureux pour lui. Il paraît

* 10.

même qu'il eut la liberté d'écrire, et que
ce fut pour en user qu'il ébaucha, à diverses reprises, les souvenirs que nous
nous sommes efforcés de lier en corps
d'ouvrage. Mais une chose qui pourra
surprendre, c'est que, pour les tracer, il
se plaisait à descendre dans le cachot
souterrain, où d'abord il avait été déposé
en entrant dans l'intérieur du château. Là
il avait obtenu la permission de faire élever un petit monument, sur chaque face
duquel était gravé le nom des personnes
qui lui étaient chères, et que la mort ou
la séparation lui faisait regretter. J'ai
même lu, sur un *agenda* de M. Linguet,
quelques inscriptions copiées par ce célèbre avocat, et extraites des murailles
de ce cachot, qu'apparemment on ne vi-
sitait jamais, car on n'eût pas manqué de
les effacer.

Ainsi s'écoulèrent les dernières années
de ce déplorable captif, en faveur duquel
il ne paraît plus que personne ait remué.
Il est prouvé, par la tradition de plusieurs
confidences, que M. de Louvois le visita
souvent; et l'on remarqua, comme une

chose très notable dans un personnage aussi orgueilleux, qu'il ne lui parlait jamais que debout, découvert, et avec les expressions d'un profond respect. C'est que Louis XIV, ce monarque extraordinaire, qui mettait de la dignité jusque dans ses plaisirs, voulait qu'on en apportât aussi dans les châtimens commandés par la sûreté de l'État. C'est qu'il voulait qu'en punissant un conspirateur (car il fut persuadé et resta convaincu que Charles l'avait été), on respectât dans son frère le sang des maîtres de la France, auquel il appartenait de si près (1).

Le récit officiel et sans réflexions de la mort de cet infortuné achèvera de contenter la curiosité et peut-être la sensibilité du lecteur sur ce qui le concerne.

(1) C'est ce que n'imita point l'infortuné Louis XVI, qui puisait dans son cœur plus d'amour pour la justice distributive, que dans son entendement de considération pour la politique bien entendue. Lorsque, dans la scandaleuse *Affaire du Collier*, ce monarque permettait que le nom de son épouse fût prononcé aux procédures, il ne prévoyait guère qu'en se prostituant ainsi aux bouches de la haute magistrature, il ouvrait, pour ainsi

~~~~~~

LETTRE

DU GOUVERNEUR DE LA BASTILLE,

Au Secrétaire d'État, Ministre de la Maison du Roi.

Au château de la Bastille, le 21 novembre 1703.

MONSEIGNEUR,

En me référant à la dernière que j'eus l'honneur d'écrire à Votre Excellence, je lui transmets la suite des détails concernant le nommé *la Tour*, plus connu au château sous le nom du *Masque de Fer*.

Il y a eu hier quinze jours jours, qu'à la suite de son dîner, qu'il fit très copieux,

dire, celles de la basse robe qui l'enverrait elle-même à l'échafaud! Quoi qu'en ait dit le philosophisme, et par ce qu'en ont fait ses exécuteurs testamentaires, restons persuadés que, si l'on ne veut pas le renversement des états, il importe de couvrir d'un voile respectueux les fautes de leurs chefs. Se dessèche la main qui tenterait de le soulever! Leurs juges ne sont pas sur la terre. — (*Note des premières éditions du* Masque de Fer, 1803 et 1804.)

comme à son ordinaire, il éprouva un premier spasme, dont la durée se prolongea plus de vingt minutes d'une manière tout-à-fait alarmante. Comme le médecin jugea qu'il y avait complication d'apoplexie et d'indigestion, il se garda d'ordonner la saignée. Quelques détersifs la remplacèrent, et le sieur la Tour s'en trouva bien.

Le soir même, le médecin jugeant qu'un corps aussi replet, qui dépensait si peu et qui consumait tant, atteint d'ailleurs par l'âge, renfermait quantité d'humeurs, il ordonna un vésicatoire sur la nuque. Le malade y consentit avec plaisir; et quelques heures après, les mouches ayant bien pris, il se trouva soulagé.

Deux jours après, il sortit et se promena. Il monta au belvédère, descendit dans le souterrain, et écrivit. Mais ayant visité le commencement de son nouvel écrit, et ayant vu qu'il lui avait donné la forme et le titre de *Testament*, j'ai jugé convenable de le lui laisser terminer. Je vous transmets, Monseigneur, cette pièce importante dans toute son intégrité.

La huitaine se passa ainsi sans amélioration. Au bout de ce temps, les forces lui revinrent; il se montra gai, et dit en riant : Je crois, Saint-Mars, que me voilà à la fin de ma captivité! Voulez-vous parier qu'avant huit jours je ne suis plus ici? — Je le desire, Monseigneur, répondis-je; vous savez que j'aimerais mieux faire ma cour à Votre Altesse ailleurs qu'à la Bastille. — Vous ne m'entendez pas, reprit-il. Je l'avais bien compris, ainsi que Votre Excellence peut croire; mais je ne voulais pas l'alarmer.

Depuis son attaque, on lui avait dit chaque matin la messe dans son cabinet; il y avait assisté avec le recueillement qu'il a toujours montré à la célébration des saints mystères; il se préparait à y participer aujourd'hui.

Avant-hier, comme le prêtre, M. *Guirault*, prononçait les mots du *Pater* : *et ne nos inducas....... sed libera nos à malo*, le sieur la Tour est tombé sur la face. Il était agenouillé : son spasme lui a repris avec un redoublement de convulsions. Le médecin a jugé la saignée nécessaire; mais la veine a été piquée plusieurs fois inutilement, et il n'est venu que quelques gouttes d'un sang noir et épais.

Vainement d'autres secours ont été prodigués au prisonnier; il n'a donné aucun signe de connaissance, et n'en a donné de vie que par un râlement qui ne l'a pas quitté jusqu'à sa mort. Elle est arrivée à dix heures moins quelques minutes du soir.

Le corps du sieur la Tour ayant été accommodé dans son lit, M. Guirault, l'aumônier, lui a dit les prières des morts, jusqu'à huit heures du lendemain. Alors, selon les ordres exprès de Votre Excellence, le chef du prisonnier a été séparé du tronc; et après que son visage a été balafré par trois incisions aux yeux, à la bouche et au nez, il a été enfermé et cloué dans une bière, qu'on a déposée sous la voûte du second pont-levis, tendue en noir à cet effet.

Entre trois et quatre heures de l'après-midi, les prêtres de Saint-Paul, paroisse de la Bastille, sont venus le chercher. Il a reçu les honneurs funèbres du second ordre ; le lendemain, sur son catafalque, on a chanté trois messes de *libera* et dit des messes basses. Il a été consigné aux registres sous le nom de...... (en blanc) *Marchialy*, présumé italien, et âgé d'environ *quarante-cinq ans*.

Dès aujourd'hui, j'ai procédé, avec le seul Rosarge, à l'anéantissement de tout ce qui pourrait rappeler sa trace. Les meubles seront démontés ou brûlés, selon qu'ils en seront susceptibles ; sa chambre particulière et le cabinet de la tourelle seront dépavés ; les plafonds seront enlevés ; enfin on ne laissera pas sans perquisition exacte et minutieuse, tous les coins secrets et les endroits, même ignorés, où le prisonnier aurait pu déposer linge, inscriptions, papier, ou autres objets qui perpétuassent en quelque sorte son existence. C'est par ces moyens qu'on en effacera irrévocablement le souvenir.

J'ai l'honneur d'être, etc.

SAINT-MARS.

TESTAMENT MORAL

DE

L'HOMME AU MASQUE DE FER.

Près de voir finir le demi-siècle d'agonie, au terme duquel enfin j'achève de mourir, je ne veux point changer de cercueil sans déposer sur celui que je quitte la trace de mes derniers soupirs. C'en est donc fait, et mon heure est venue! A la suite de la route épineuse, qu'en cheminant à travers les douleurs, j'ai marquée de mon sang et de mes larmes, j'entre dans le séjour de l'éternel repos : pour la première fois je vais m'asseoir... c'est sur ma tombe! O modérateur suprême de l'Univers, je te rends grâce! La main de

ta colère, étendue sur mon berceau, n'a
cessé de pousser mes pas de précipices
en abîmes ; mais aujourd'hui, qu'après
avoir éprouvé ta créature dans la coupelle
de l'adversité, tu l'as trouvée pure et digne de toi, tu lui ouvres, par la mort,
un asile en ton sein. Je m'y élance avec
transport, ô mon Dieu ! c'est au torrent
de ces ineffables délices, que vont se
mouiller mes lèvres desséchées. Mort,
que l'on peint hideuse et cruelle, tu n'as
que des charmes pour moi ; depuis que
ton souffle brûlant aspire et tarit les derniers alimens de ma lampe presqu'épuisée,
le sourire a reparu sur ma bouche ; comme
un rayon qui se joue parmi les tempêtes,
la joie a brillé sur mon front chargé d'ennuis.

Recueillons quelques-uns de ces vagues
souvenirs, dont les déplorables objets
concoururent au tissu de ma vie. Ramas-
sons ces pensées plus fugitives que les
feuilles de la Sibylle ; et réunissons ces
informes débris pour en couvrir, ainsi
que d'un monument, mes misérables

restes. Mortels, que le pouvoir enivre ou
que la prospérité rend si fiers, ne les mé-
prisez point : ce sont ceux d'un infortuné
à qui l'expérience révéla les mystères du
monde. Tandis que, d'un pied dédaigneux, vous foulez ses cendres insensi-
bles, elles se raniment sous un souffle
prophétique, et voici la leçon qu'elles
vous envoient du séjour des morts:

Je naquis sous le dais ; mes premiers
vagissemens furent répétés par des lam-
bris dorés ; on ceignit de rézeaux de lin et
de bandelettes de pourpre les membres
délicats de l'enfant des rois ; la Santé
berça ma jeune couche ; l'Amitié la par-
fuma de douces fleurs, et l'Espérance, au
visage serein, me tendit ses bras caressans.
Bientôt embrasé de chastes feux, un cœur
palpita sous le mien : alors j'osai concevoir le bonheur. Mais les passions vomi-
rent des serpens et des foudres ; je m'é-
veillai aux revers. L'illusion s'évapora ; la
félicité n'avait été qu'un rêve ; au fond de
sa coupe enchantée, je trouvai le malheur. Il fallut m'abreuver de cette lie

amère ; je l'ai savourée durant dix lustres
entiers , et maintenant j'en épuise les dernières gouttes.

De cette longue tragédie, quelle moralité ai-je su déduire ? Celle même que le
sage de Judée trouva sous l'enveloppe de
ses voluptés : tout est vain sous le soleil,
hormis le malheur, qui ramène à Dieu. Le
malheur , selon le siècle ; selon la raison ,
le bien unique.

Abaissez vos regards sur l'univers , et
instruisez-vous. Est-il d'être plus sublime
qu'un héros , plus puissant qu'un roi , plus
important qu'un riche ? A ces titres qui sub-
juguent l'admiration , commandent le respect, déterminent l'influence, si vous ajoutez l'organisation parfaite d'un corps qui
réunit , par la plus louable harmonie , la
vigueur aux grâces , et les charmes exté-
rieurs à la santé ; si vous ajoutez surtout
les dons plus heureux du génie , les solides agrémens du caractère , et pour tout
dire , un naturel que l'art a seulement en-
richi, n'estimeriez vous pas fortuné celui
qui rassemble en soi tous ces avantages ?

Désabusez-vous, il n'en est rien. Voici la vérité qui va souffler sur ces prestiges.

Créer des trônes ou renverser des empires ; sauver une nation des attentats du despotisme ou la délivrer des fureurs d'une folle liberté ; attacher à ses drapeaux tous les lauriers de la victoire, et son nom sur toutes les langues de la Renommée : c'est le propre de l'héroïsme. L'on imaginerait que sous ce pompeux appareil, il goûte la félicité. Non : il est écrit que la Fortune vendra cher les faveurs que l'on croit qu'elle donne ; car, sans parler de ces terribles passions qui, dans le cœur du grand homme, font d'autant plus de ravages qu'elles y trouvent plus d'alimens, le crime qu'il a refréné, et qui feint de sommeiller, ne médite-t-il point de le punir de ses vertus ? Sorti de la sanglante arène où la Gloire promenait devant lui un glaive invincible, si, à l'ombre de ses trophées, il veut reposer sur un lit de palmes ses membres fatigués ; sous cette noble couche, et la Haine et l'Envie, et l'Ambition et la Vengeance n'ont-elles pas recélé leurs serpens? Déjà souillés de venin, les lauriers se flétrissent, ô héros! déjà se glissent et rampent autour de toi d'odieux reptiles; déjà siffle d'une affreuse joie le plus dangereux de tous : il essaie de t'étreindre de ses horribles nœuds, et darde contre ton sein sa langue triplement acérée...... Mais le héros se lève; son sommeil fut agité, son réveil est un combat : plus puissant qu'Alcide, il ramasse, il presse, il serre dans ses bras ses ennemis déconcertés; il les étouffe, et disperse au loin leurs criminels débris.

Et le monarque qu'environnent tous les attributs de la prospérité? A l'aspect de sa face révérée, vingt millions de têtes se courbent dans la poudre; de la zone de flammes, comme des glaces hyperborées, on accourt admirer son pouvoir et sa prudence; les misérables ventent même sa bonté. Dix nobles rejetons croissent à l'ombre de cette tige auguste, que couronnent à la fois de fleurs et de fruits, les plus exquises voluptés et les travaux les plus assidus. Sur le trône il est grand, au conseil il est sage; redoutable à la tête des armées, respecté et chéri parmi les peuples, adoré dans le sein de sa famille. Mais quand la nuit verse à longs flots le sommeil sur l'innocence des chaumes, elle le refuse aux inquiétudes du potentat. Pourrait-il en effet s'empêcher de frémir, doit-il goûter un paisible repos, quand il songe que sur sa tête seule repose le destin d'un empire ? Vainement porte-t-il la justice dans son cœur, si elle peut périr aux mains du dernier de ses ministres. Que sont les conceptions les plus hardies, les plus savantes combinaisons pour le bonheur de tous ? Le monarque d'un peuple n'est point, ne doit pas être un spéculateur métaphysicien, ni un calculateur géomètre. D'orgueilleuses théories, de vaines abstractions remplissent bien les pages du philosophe rêveur ; mais c'est par leurs passions qu'on gouverne les hommes, c'est au gré des occasions et suivant les leçons de l'expérience. De quelle perspicacité doit-il donc être doué, celui que le ciel chargea de ce pénible et glorieux fardeau ! D'un regard d'aigle, planant sur l'immensité de la

sphère politique, il lui en faut embrasser
la circonférence ; avec l'œil rétréci de
l'insecte il doit en examiner tous les points.
Chacun des rouages de cette vaste ma-
chine reçoit-il du ressort central son mouvement nécessaire, et sait-il le répartir à
ceux qui lui sont subordonnés ? D'où
vient en cet endroit une effrayante rapidité, en cet autre une lenteur dangereuse ?
Les trésors publics, semblables à ce fluide
précieux qui nous anime, ne sont-ils as-
pirés et réunis dans un seul réservoir, que
pour se distribuer avec une sage écono-
mie jusque dans les plus imperceptibles
canaux ? Ici, la cupidité ne tente-t-elle
pas d'amasser ; ailleurs, l'avarice de des-
sécher ? Une combinaison imposante et
simple garantit-elle à l'État le rang que
la raison lui assigna dans l'ordre politique ? Trop puissant, il irriterait les haines ; trop faible, il provoquerait l'ambition. Mille autres pensées naissent de ces
pensées primordiales : toutes fermentent
et s'élaborent dans la tête du souverain.
D'un geste bien placé, d'un mot dit à
propos, il peut faire des heureux ; mais

son bonheur personnel, mais sa vie, ne
lui appartiennent plus. Esclave couronné,
ou plutôt victime parée pour le sacrifice,
il paraît commander à tous, tandis que
c'est à tous qu'il obéit. Il meurt enfin, il
descend au cercueil où le poursuit quelquefois l'ingratitude des contemporains:
heureux, si leurs cris s'arrêtent aux générations futures, et si la Justice, assise
sur la tombe d'un grand roi, fait reten-
tir l'accent auguste et pur de la vérité!

Crésus vous semble-t-il plus fortuné?
Légitime héritier des domaines que son
intelligence a rendus fertiles, il jouit en
paix de leurs produits. Son cœur ne lui
reproche rien. Un heureux mélange de
sens et d'esprit, le place au rang de ceux
pour qui les plaisirs du génie ne sont point
étrangers, mais qui, dans leur honnête
épicuréisme, aiment à les assaisonner de
joies sensuelles. En un mot, si Crésus est
riche, Crésus est homme de bien; et l'indi-
gent qu'il secourt, et l'artiste qu'il oblige,
lui pardonnent une opulence dont il est
plutôt le dispensateur que le maître. D'ailleurs, il en use largement. Le marbre de

Carare, le granit égyptien, les cristaux
de Venise brillent dans ses bâtimens somptueux; ils sont décorés de tout ce que la
Perse nous envoie de fins tissus; et sur
de précieuses consoles éclatent, parmi
de riches cizelures, les fragiles urnes du
Japon. A sa table, entourée de femmes
charmantes et d'amis nombreux, paraissent, l'énorme carpe du Rhin, l'oiseau du
Phase et le noir gibier des forêts de la
Suabe. Le Pomard y roule dans le vermeil ses rubis parfumés; l'Aï l'inonde de
sa mousse pétillante. Près des flacons dia-
phanes, où bouillonnent captives toutes
les essences de l'Asie, s'échappe en tour-
billons ambrés le délicieux Moka; et c'est
aux feux des lustres éblouissans reproduits
dans de magiques trumeaux; c'est aux
cliquetis des cristaux et à la voix enchan-
teresse des syrènes, que Crésus savoure
tant de jouissances. Cependant au fond
de cette fougère perfide s'est cachée la
cruelle sciatique; le malheureux l'aspira
dans des flots de Tockaï, et dans quatre
jours elle va l'étendre sous cette tombe
immobile. A quoi servirent ces voluptés?

à déguiser, mais à hâter la mort. Quel avantage retira Crésus de ses trésors ? celui d'attester par son luxe funèbre leur incontestable néant.

Si la richesse n'est qu'une ombre, que dire de la force qui cause la témérité, de la santé qui produit l'intempérance ; de la beauté que presque toujours accompagne l'orgueil ? La force ? le moindre accident l'énerve ; la santé ? la desséchante haleine de la fièvre la détruit ; la beauté ? envisagez, si vous l'osez, ce masque hideux, que cicatrisa le venin soufflé par le Nouveau-Monde ! Tous les charmes y brillaient à l'envi, comme autant de fleurs printannières. Il est venu un vent empesté qui a tout flétri, et qui en laissant la santé et la vie, a mis l'aspect de la destruction et de la mort.

Mais le génie ? Oui, son flambeau est immortel... écarta-t-il jamais cependant de ceux qu'il éclaire l'infortune et les revers ? On dirait, au contraire, qu'il les attire et les fixe. La génération concourt à punir le talent des plaisirs qu'il lui dispense, et c'est sur son cercueil seulement qu'on pose la couronne. Faut-il répéter qu'Homère, qui vécut mendiant, eut des temples quand il cessa de vivre et de chanter; que Milton mourut pauvre et méprisé; que Corneille n'avait pour patrimoine qu'une âme sublime et un grand nom? Virgile, dira-t-on, fut l'ami d'Auguste. Je le conçois, car il eut pour patron Mécène, et les Mécène sont plus rares que les rois protecteurs. D'ailleurs, comptera-t-on pour rien Mœvius et Bavius? Je vois encore l'écume impure dont ils salirent le cygne de Mantoue; et Zoïle ne souilla-t-il pas l'autel même du chantre d'Ilion?

Et les Passions? Humbles et doucereuses à leur naissance, elles promettent l'ambroisie au cœur qui les accueille. Une fois glissées, c'est un nid de reptiles qui distillent le poison et qui se remuent dans la plaie qu'ils dévorent. L'Ambition fait luire un diadême et prépare des fers; la Volupté emmielle ses coupes de venin; la Cupidité immole aux rêves de l'avenir les plaisirs du présent; la Vengeance sanglante trouve la mort dans ses cruelles joies; l'Orgueil périt par son propre délire. Quant à l'Espérance, que Dieu plaça près de nous, sa fonction serait de consoler ; mais le plus souvent, mêlée à l'Égoïsme, elle trompe. Cette fourbe insigne se plaît à nous mentir jusqu'au bord du cercueil. Elle colore de nuances charmantes les illusions du rêveur éveillé. Elle offre des sceptres à l'ambitieux, la corne d'Amalthée aux avares, un cercle de houris aux voluptueux. Enfin, rallumant à nos regards défaillans la lampe de la vie, elle l'illumine d'une nouvelle clarté au moment de la mort; et tel est le prestige de la magicienne, qu'elle cache encore sous des fleurs la hache qui a promis des têtes à l'échafaud.

Du moins les plaisirs que procure l'étude sont-ils purs, puisqu'il sont permis ? Par quelle amertume seraient altérées leurs douceurs ? Sans parler de la difficulté, de l'inutilité même des découvertes, de l'envie qu'elles éveillent, des haines qu'elles excitent, des rivalités qu'elles engendrent; croit-on qu'elles remplissent d'une satisfaction durable et permanente l'esprit qui parvient à les saisir ? Sans

doute que l'instant de leur apparition
tient de l'extase et procure une sorte d'i-
vresse qui approche de la félicité. C'est
la sensibilité unie à l'amour - propre, et
tous deux exaltés au degré le plus éminent : mais les fumées se dissipent, et la
réflexion lucide rend à la raison un entendement que l'enthousiasme avait égaré.
Archimède n'est plus content du problème
de la Couronne; il calcule déjà la Qua-
drature de la sphère. Ce n'est plus assez
pour Hippocrate d'avoir caractérisé la
plupart des maladies : qu'est-ce que l'intelligence qui les nomme, sans la puissance qui les guérit?

Aux yeux du littérateur et de l'artiste,
comme à ceux du savant et de l'érudit,
s'ouvre l'immense perspective de l'infini,
éclairée tour-à-tour, comme Moïse dans
le désert, par une gerbe de flammes, et
bornée par une colonne de brouillards.
Le génie du Tasse y pâlissait, quand il
planta sa forêt magique dérobée aux chimères de l'Arioste; Milton, qui d'un pinceau si fier traça l'imposante image de
Satan, ne joignit-il pas, de nœuds révol-

tans, le Péché à la Mort ; et la plume qui
s'éleva jusqu'à Cinna, ne descendit-elle
pas jusqu'à l'Agésilas ? Ainsi le génie, qui
touche au ciel par ses perfections, rampe
quelquefois sur la terre par ses faiblesses :
n'est-ce pas dire qu'il appartient à la corruption et au malheur ?

Elles sont aussi nées d'elle et marquées
par lui ces affections par lesquelles la
nature nous attache à l'existence et souvent la multiplie. On repète avec transport, le cœur redit avec délices, les noms
sacrés de mère, de fils, d'amant, d'épouse,
d'ami. Beaux et doux talismans qui ou-
vrent toutes les sources de la tendresse,
jusqu'à cependant qu'un intérêt, plus cher
que ceux du sang, parvienne à les fermer.
Oui, la voix du sang crie encore dans
quelques âmes ; mais dans un plus grand
nombre aussi n'est-elle pas étouffée par
les sons harmonieux de l'or ? N'est-il plus
de père ambitieux qui immole à la fortune
du premier de ses rejetons le bonheur
de tous les autres ? Ne voit-on plus de
mère coquette qui dispute aux charmes
adolescens de sa fille, si ce n'est la main

d'un amant, au moins le cœur d'un époux? Sont-elles éteintes, ces haines fraternelles, dont les Polynices bourgeois nous offrent le scandale? Les tribunaux ne retentissent-ils plus des débats de ces cohortes héritières qui, pareilles aux corbeaux voraces, semblent fondre sur le cadavre du mort pour s'arracher ses dépouilles? En un mot, les grossesses ne sont-elles plus des spéculations, les naissances des données de commerce, les mariages des négociations, et la mort un nouveau problème à résoudre par la cupidité?

Vous parlez d'esprit national, de morale publique, de droit universel des peuples? Où est-il cet esprit national, qui ne sait que vouloir ce que veulent ses maîtres, et qui ne concevrait que l'anarchie où il n'y aurait plus de despotisme (1)? Cette nation, si profonde dans le grand

---

(1) Quinze ans de malheurs et de crimes ont irrésistiblement prouvé que, pour ne pas se déchirer de ses propres mains, il fallait que le peuple français *voulût ce que veulent ses chefs,* quand ils sont justes, ou *pratiquât l'anarchie,* en l'absence du gouvernement central auquel quatorze siècles l'ont identifié. Honneur donc à ceux qui reconstruisent ce gouvernement tutélaire! (*Note de* 1803.)

art des épigrammes; cette puissance qui impose ses modes à l'univers, et lui fait répéter ses chansons, oserait-elle jamais faire entendre un cri d'horreur (1), une clameur de défense, si un innocent montait à l'échafaud? Pourquoi proférer le saint nom de la morale sous un ciel qui éclaire toutes les prostitutions? Ici l'or de l'imberbe va s'engloutir sur les autels du Hasard; là, sur ceux d'une luxure effrontée, il sacrifie à la fois sa bourse et sa santé. Voyez ce front jauni, ces yeux éteints, cette démarche chancelante, tous les cyprès d'un précoce trépas sur une tête de vingt ans! Non loin de ce débauché, chemine avec fureur un homme dont la main contractée déchire sa poitrine; son œil renversé roule sanglant

---

(1) Non, *pas un cri d'horreur;* mais elle aiguise une épigramme bien caustique, elle fredonne un vaudeville piquant de sel, qui dénonce, qui livre au ridicule un acte odieux. Tel couplet malin a débusqué plus d'un puissant; et à *la terreur* près, il n'y a pas d'époque fameuse dans notre histoire, à laquelle la Folie n'ait attaché ses joyeux et véridiques grelots. L'Anglais opprimé s'irrite et égorge; nous immolons aussi, mais c'est en badinant, et à coups d'épingles. (*Note de* 1803.)

I L.

dans son orbite; il mugit des impréca-
tions : est-il besoin d'ajouter que c'est un
joueur ?

Que sont pourtant ces infractions par-
tielles et légères, si on les compare aux
plus énormes attentats ? Tandis que l'a-
nathème descend des tribunes sacrées sur
celles-là, pourquoi sont-elles muettes à
l'aspect de ceux-ci ?... Silence ! me dit le
génie mystérieux qui se tient debout devant moi pendant que je trace ces lignes !
Homme débile et superbe, parce que tu
vois certains effets, crois-tu connaître
toutes les causes ? As-tu saisi tous les rapports ? Sais tu qu'il est des vertus dangereuses et des forfaits utiles ? Sais-tu que,
dans le concert du Monde, il entre des
dissonances qui, aux oreilles du Grand-
Tout, produisent la plus sublime harmonie ? Si tu ne sais le tout de rien, pourquoi
hasarder des conjectures, pourquoi oser
des jugemens ? Il n'est pour l'homme
qu'une vérité : tout est vain sous le soleil,
hormis Dieu, et le malheur qui ramène à
Dieu !

Salut donc, ô malheur salutaire ! Tes

fruits amers, pareils à ces siliques, dont l'art exprime les sucs bienfesans, révoltent le cœur qu'ils guérissent ; tu es semblable à ces montagnes escarpées que l'on gravit péniblement, mais qui, de leur faîte sourcilleux, étalent aux regards du voyageur un horizon qu'embellissent à la fois la pompe des villes, la verdure des paysages, la fraîcheur des eaux, et les plaines azurées du ciel.

Heureux celui que, dès son aurore, la société rejeta de son sein ! Si son âme en fut pas de marbre, elle se réfugia dans le désert. Là, selon la promesse du Créateur, qui ne voulut pas que l'homme fût seul, il trouva une société confiante et amie : sa conscience, la nature, Dieu. Si sa conscience était paisible, il put, ainsi que dans une glace pure, y réfléchir l'image de l'univers, et l'image plus imposante de son auteur. Et si les souvenirs du mal troublaient son âme, ne furent-ils point adoucis encore par la présence du dieu qui remplit la solitude ?

Oui, c'est principalement à la suite des horreurs de la proscription, sur les terres

de l'exil, dans les obscurs, cachots parmi
les angoisses et les calamités que se manifeste le Dieu consolateur. Sa voix frémit également dans les mugissemens de
la tempête et module sur les souffles du
printemps. Si, empruntant pour organe
les éclats de la foudre, elle épouvante
les méchans; dans les concerts des doux
oiseaux, elle semble encourager les justes.
Que de charmes secrets dévoile surtout
la contemplation de ces ineffables mystères, que la bonté du Rédempteur fit
entrevoir à notre faiblesse!

Oh! qu'ils ont mal lu dans le cœur de
l'homme, ceux qui, sous le vain prétexte
d'épurer sa raison, ont voulu lui ravir la
doctrine du sentiment, et substituer à
l'onction d'une révélation vraiment philosophique, les désolantes théories d'une
métaphysique aride! Qu'il faut plaindre
ces yeux éblouis de fausses lueurs, qui
remarquent des absurdités dans les tableaux les plus propres à émouvoir et à
persuader! Ouvrez ce volume divin, que
'Eternel dicta à ses prophètes : quelle importance dans les événemens, quelle vé-

rité dans les caractères, quelle magnificence dans le style! Partout cette pompe surnaturelle qui étonne l'esprit et le subjugue; partout ces mouvemens profonds qui vont chercher des larmes au fond de tous les cœurs. Si trente siècles, en s'écoulant sur la tombe d'Homère, y ont déposé l'hommage de cent générations, comment est-il des ingrats qui osent refuser le leur à ces compositions sacrées, source de toutes beautés et de tout bien? Ah! sans doute ne furent point malheureux!

Feuilletez-les sans cesse, ô vous que les revers entraînent! Si vous les méritez, en vous convainquant qu'ils ne vous semblent si douloureux, que par la haute opinion où vous tenez ce que vous croyez la félicité, vous trouverez quelques douceurs à les éprouver. Est-ce injustement qu'ils vous accablent? Les livres saints vous apprendront que le plus beau spectacle que la terre puisse présenter au ciel, est l'homme de bien luttant avec l'adversité. Goûtez alors, cela vous est permis, savourez tous les charmes d'une religieuse

et sainte mélancolie, soit qu'à l'exemple
des enfans de Bruno, vous alliez éteindre
dans les cloîtres d'une chartreuse, les
restes de votre existence; soit que, comme
les disciples de François, vous les consu-
miez dans les austérités, ou soit plutôt,
qu'émule des fils de Vincent, vous sachiez
les consacrer aux infortunés.

Ah! toute joie n'est point anéantie pour
l'âme que remue encore le sentiment de la
bienfesance! Descendez dans ces bouges
infects, où, sur une paille vermineuse,
expire un prisonnier; montez dans ces
réduits délabrés, où toute une misérable
famille se dispute et s'arrache les débris
d'un pain trempé de larmes. Etes-vous
riche, versez la vie où fermente la maladie, où va frapper la mort; éloquent et
sensible, pressez sur votre sein, réchauf-
fez dans vos embrassemens ces membres engourdis par la souffrance; ranimez
ces cœurs flétris par le désespoir. Oh!
qu'à la suite des blasphèmes arrachés par
le malheur, il est doux de faire éclore un
sourire envoyé par l'espérance

Au-dessus de toutes vos pensées, qu'une

pensée surnage et domine; car il finira
bientôt cet exil dans lequel vous gémissez. Au bout de toute carrière, le cercueil
est béant qui aspire ses proies. Le bourreau et la victime y avancent par des
routes diverses : tous deux arriveront.

Et pour une ombre qui passe, nous
prendrions quelque souci! Détournons
nos regards de cet amas d'argile, où
se remue la ruche humaine. Sous ces
plaines verdoyantes sont des tombeaux;
dans ces boccages de fleurs, la jeunesse
et la vie; à quelques pas, la dissolution et
la mort. Encore quelques siècles, le silence partout et la terre s'enfoncera dans
le néant.

Pour moi, je quitte avec transport cet
enfer anticipé, où, sous la figure et le
nom d'hommes, des créatures semblables
à moi ont rempli contre moi l'office de
démons. Prêt à me réunir à vous, que
j'ai tant chérie, ô ma douce Onézyme!
à vous, que j'ai tant regretté, ô noble
baron! à toi, mon fils, dont je pleurais
davantage la naissance que la mort! à
l'instant où je m'endors dans ton sein, ô

mon dieu, pardonne à mes persécuteurs, ainsi que je leur pardonne ! J'emporte avec moi l'innocence, et leur lègue le remords : ne sont-ils pas trop punis ? (1)

---

(1) Nous avons rétabli, dans cette *quatrième édition* d'un ouvrage qui honora la première jeunesse de son auteur, les morceaux qui doivent ajouter à la réputation de sa maturité. Ce TESTAMENT MORAL est le plus remarquable : il l'eût été, dans tous les temps, par l'éloquence nerveuse qui l'a dicté ; il le fut davantage sous la tyrannie, par le courage de dire la vérité avec toute l'énergie d'une âme qu'elle échauffe, et toute la puissance du talent qui sait l'exprimer. Ce talent et ce courage, dont M. Regnault de Warin avait déjà donné des preuves dangereuses dans *Le Cimetière de la Madeleine*, (qu'il faut lire dans les éditions ou dans les traductions originales, et non dans les contrefaçons désavouées, *depuis seize ans*, par l'auteur) et mieux encore peut-être dans les premiers cahiers du *Contemplateur*, dans le premier volume des *Prisonniers du Temple* (le seul composé par M. Regnault de Warin) ; dans les *Notes* des romans de *Spinalba* et de *Madame de Maintenon*, et surtout dans le recueil intitulé : *Loisirs littéraires de M. Regnault de Warin* ; le despotisme l'en punit, en soumettant sa personne aux persécutions arbitraires, et ses écrits aux altérations des censeurs et aux dénigremens des calomniateurs gagés. Le retour de la justice sera pour cet écrivain ce qu'il est pour la France, celui de la liberté ; et si les mutilations des premières éditions de ses ouvrages constatent également la longue oppression des gouvernans et la résistance non moins opiniâtre de l'homme de lettres, on trouvera dans les éditions actuelles des preuves de l'indépendance politique qui lui est rendue, et de la dignité dont le gouvernement se plaît à entourer les lettres, que son chef auguste ne dédaigne pas de cultiver. (*Note de l'Éditeur*).

FIN DU TOME QUATRIÈME ET DERNIER.

www.ingramcontent.com/pod-product-compliance
Lightning Source LLC
Chambersburg PA
CBHW070453030726
47503CB00004B/1024